大家小书

叶嘉莹 著

名篇词例选说

北京出版集团公司
北京出版社

图书在版编目（CIP）数据

名篇词例选说 / 叶嘉莹著. —北京：北京出版社，2016.7
（大家小书）
ISBN 978-7-200-11995-4

Ⅰ. ①名… Ⅱ. ①叶… Ⅲ. ①古典诗歌—诗歌欣赏—中国 Ⅳ. ①I207.22

中国版本图书馆CIP数据核字（2016）第064902号

总策划：安 东 高立志 责任编辑：陶宇辰 莫常红

·大家小书·

名篇词例选说
MINGPIAN CILI XUANSHUO

叶嘉莹 著

*

北京出版集团公司
北京出版社 出版

（北京北三环中路6号 邮政编码：100120）
网　　址：www.bph.com.cn
北京出版集团公司总发行
新 华 书 店 经 销
北京华联印刷有限公司印刷

*

880毫米×1230毫米　32开本　8.75印张　128千字
2016年7月第1版　2023年4月第5次印刷
ISBN 978-7-200-11995-4
定价：32.00元
质量监督电话：010-58572393

序　言

袁行霈

"大家小书",是一个很俏皮的名称。此所谓"大家",包括两方面的含义:一、书的作者是大家;二、书是写给大家看的,是大家的读物。所谓"小书"者,只是就其篇幅而言,篇幅显得小一些罢了。若论学术性则不但不轻,有些倒是相当重。其实,篇幅大小也是相对的,一部书十万字,在今天的印刷条件下,似乎算小书,若在老子、孔子的时代,又何尝就小呢?

编辑这套丛书,有一个用意就是节省读者的时间,让读者在较短的时间内获得较多的知识。在信息爆炸的时代,人们要学的东西太多了。补习,遂成为经常的需要。如果不善于补习,东抓一把,西抓一把,今天补这,明天补那,效果未必很好。如果把读书当成吃补药,还会失去读书时应有的那份从容和快乐。这套丛书每本的篇幅都小,读者即使细细地阅读慢慢地体味，也花不了多少时间，可以充分享受读书的乐趣。如果把它们当成补药来吃也行，剂量小，吃起来方便，消化起来也容易。

我们还有一个用意，就是想做一点文化积累的工作。把那些经过时间考验的、读者认同的著作，搜集到一起印刷出版，使之不至于泯没。有些书曾经畅销一时，但现在已经不容易得到；有些书当时或许没有引起很多人注意，但时间证明它们价值不菲。这两类书都需要挖掘出来，让它们重现光芒。科技类的图书偏重实用，一过时就不会有太多读者了，除了研究科技史的人还要用到之外。人文科学则不然，有许多书是常读常新的。然而，这套丛书也不都是旧书的重版，我们也想请一些著名的学者新写一些学术性和普及性兼备的小书，以满足读者日益增长的需求。

"大家小书"的开本不大，读者可以揣进衣兜里，随时随地掏出来读上几页。在路边等人的时候，在排队买戏票的时候，在车上、在公园里，都可以读。这样的读者多了，会为社会增添一些文化的色彩和学习的气氛，岂不是一件好事吗？

"大家小书"出版在即，出版社同志命我撰序说明原委。既然这套丛书标示书之小，序言当然也应以短小为宜。该说的都说了，就此搁笔吧。

感发不能自已之情

陈邦炎

十二年前，我在为《叶嘉莹说词》撰写的"题言"中提到书内所收《从〈人间词话〉看温韦冯李四家词》一文时，曾云："我一向认为，对包括词在内的所有文学体式的研究，必先从微观入手，进入作品的世界。离此，无从言作家研究，更无从言在宏观意义上的流派研究、文学史研究，以及比较文学研究。"并云："对《人间词话》的研究，也必先进入所论及的作品之世界，否则，无从窥其堂奥。"嘉莹教授重视对词的单篇作品的评赏辨析，其评价之精微深至，为人所共见、共称；而这正是构建其卓然自成一家的词学理论体系的基石。

本上述看法，每有青年问我以攻治词学的途径，辄要求其先熟读、读懂一定数量的历代词家的名作，向其推荐九部书，即陈廷焯评选的《词则》、朱孝臧编选唐圭璋笺注的《宋词三百首》、龙榆生集评的《唐宋名家词选》及《近三百年名家词选》、俞陛云的《唐五代两宋词选释》、俞平伯的《唐宋词选释》、刘永济的《微睇室说词》、沈祖棻的《宋词赏析》、唐圭璋的《唐宋词简释》。今欣悉嘉莹教授大作《名篇词例选说》即将问世，喜见我所推荐的治词基本读物有了重要的补充，使此书目由九部增为十部，可称十全十美了。

词是诗的异化，也是诗的进化。它突破了诗的从齐言体为主的旧形式，变为句式长短错综的新结构；在四声的处理、韵脚的变化、韵位的安排上，发展、改造了诗的比较简单而整饬的旧格律，形成音韵更多变、声情更丰美的新曲调。与诗相对而言，词的音节更摇曳宛转，词的韵致更绵邈永长，其蕴含的情思、呈现的境界也更深曲、更空灵。因此，说诗固已难，说词则尤难。嘉莹教授说词，着重传达词的兴发感动之作用，曾在《迦陵论词丛稿·后叙》中云："对于诗歌这种以兴发感动之作用为生命的美文，我们在对之加以评说时……应该透过自己的感受把诗歌中这种兴发感动的生命传达出来，使读者能得到生生不已的感动。"此《名篇词例选说》收文十二篇，评说词三十二阕，可视为嘉莹教授实现其所持的评说诗歌之主张的范例。

对于词这一文体之感发质素的接受与辨析，嘉莹教授独具灵心慧悟，对一些内涵深曲、意象空灵之作的评说，辄能探触其词心,进入其词境,发其幽情,得其微旨。在《灵谿词说·前言》中,嘉莹教授自述:"我自幼即耽读古典诗词,此虽由家庭环境之薰习,然亦出于一己之天性。当时每读历代诗词之名篇佳什,总常常会引起心中一种感发不能自已之情。"正因有此"感发不能自已之情",故其感也深,其思也微,得以深入作品的世界。加以嘉莹教授数十年来始终致力于诗词的讲授与研究,又曾长期在海外执教,广研西方文论,故其积也厚,其识也广,每能远绍旁搜,就作品的诸多方面作兼有深度与广度的阐述。收入本编的说词诸作,可说是:既凭其禀赋上的灵心慧悟,对所评说的作品之兴发感动的作用,以特有的敏锐感受及观照入微的辨析能力发人之所未发;又凭其学养上的厚积广识,就作品涉及的问题作了通古今中外而观之的比照与融会,对作品中某些微妙的语词及生僻的典故,也作了详尽的解说。其品赏之精微,论证之周密,自非时下一般诗词鉴赏之作所可望其项背。

我一向还认为,诗词的理论研究应与诗词的创作实践两相结合。而在过去一段相当长的岁月中,我们大学中文系的古典文学教学,重理论,轻创作,诗词的理论研究是与诗词的创作实践分离的。现今不少评说诗词者不一定从事诗词的创作,因而其对诗词作品的评说常有与作品隔一层之憾。嘉莹教授幼承家学，十一岁即开笔写诗，进入初中后开始写词，进入大学后开始写曲。当时，顾随教授赞其"作诗是诗，填词是词，谱曲是曲"，以后在其投入教学与研究的数十年中始终不废诗词的写作。从其《迦陵诗词稿》一编，可见其这方面的造诣之深。如缪钺教授的《灵谿词说·后记》所云，由于嘉莹教授积累了丰富的"创作实践的经验，深知其中甘苦，因而更能理解、探求古代作家在其作品中所蕴含的幽情微旨，而赏析其苦心孤诣的精湛艺术"。读此《选说》者，对缪先生此言当有共识。《选说》之所说，既是从词的理论研究者的精思，也是从词的创作实践者的体验展开其评说的。

嘉莹教授自天津来电嘱我为此书作序，北京出版社也迅即寄来此书的复印本，希望序文"早日完稿"，以便及时付印。此书收入"大家小书"丛刊中，袁行霈教授在为此丛刊所写总序中云："所谓'小书'者，只是就其篇幅而言……若论学术性则不但不轻，有些倒是相当重。"连日披阅此书，深感其篇幅虽不大，而分量确"相当重"。书中，精义时见，妙旨纷陈，使人应接不暇。览读后，未暇深研熟思，草成此浅陋的短文，对全书内容的评价，深愧挂一而漏万。

2011年12月

目 录

001 / 说韦庄词一首
006 / 说冯延巳词四首
029 / 说李煜词一首
036 / 说晏殊词一首
041 / 说欧阳修词二首
052 / 说柳永词一首
058 / 说苏轼词一首
065 / 说秦观词二首
079 / 说周邦彦词一首
089 / 说辛弃疾词二首
113 / 说吴文英词一首
130 / 说王沂孙词二首
153 / 说陈子龙词二首

163 / 说朱彝尊词一首

181 / 说贺双卿词四首

196 / 说王国维词五首

242 / 说陈曾寿词一首

说韦庄词一首

思帝乡

春日游,杏花吹满头。陌上谁家年少、足风流?妾拟将身嫁与、一生休。纵被无情弃,不能羞。

以前我在《灵谿词说》中,论及温庭筠及韦庄词时,曾经写过几首论词绝句。其中有论温词的一首,写的是:"绣阁朝晖掩映金,当春懒起一沉吟。弄妆仔细匀眉黛,千古佳人寂寞心。"还有论韦词的一首,写的是:"谁家陌上堪相许,从嫁甘拼一世休。终古挚情能似此,楚骚九死谊相侔。"本来"词"这种韵文体式,原只是一种合乐的歌辞。据欧阳炯《花间集·序》之所记叙,则当时之文人诗客之着手于"词"之写作者,原来也大都只不过将之视为一种歌筵酒席间供歌伎酒女去演唱的艳曲而已。所以"美女"与"爱情"也就形成为早期词作中之主要内容了。其所叙写的翠鬟蛾眉的美女，与断肠流泪的相思，就当时之作者与歌者言之，原来也只不过表现一种男女间相赏悦相爱慕的情思而已。然而值得注意的则是，这些叙写美女与爱情的小词，其后却发展成了一种被词评家认为是最富于寄托之深意的韵文形式。清代的张惠言就曾以为词之作用是"缘情造端，兴于微言，以相感动"，可以表达一种"贤人君子幽约怨悱不能自言之情"。张氏之以牵强比附之说来解释温、韦、晏、欧诸家之词，虽然曾为后人所诟病，然而词这种韵文体式之确实可以传达和引发一种幽隐之情思，足以触发读者丰美之联想，则也是被词论家所共同体认到的一种特质。这种特殊的品质，也就正是"词"之所以异于"诗"的主要差别之所在。因此即使是对张惠言的比兴寄托之说极为反对的王国维，在他的《人间词话》中论及词之特质时，也不得不提出诗与词之差别，说："词之为体，要眇宜修，能言诗之所不能言。"又说："诗之境阔，词之言长。"即如唐五代《花间集》中的一些小词，以诗境之阔而言，当然无法与杜甫之《赴奉先县咏怀》或《北征》等长篇伟制相比并，但我们却也不得不承认，这些篇幅虽短意境虽狭的小词，有时却确实可以触引起读者许多幽微的感发与丰美的联想。我在前面所提出的论温词及论韦词的两首绝句,所标举的就是小词之所以特别富于感发之力的两种重要因素。就温词而言,我以为其所以易于引起读者之感发与联想的缘故,主要乃在于他所写的美女及其容饰,与中国文学传统中美人香草之托喻有暗合之处。即如他在《菩萨蛮》(小山重叠金明灭)一首中,所写的"懒起""画眉""簪花""照镜"等情事,虽仅为客观的对美女之描摹,然而却与唐代杜荀鹤《春宫怨》所写的"早被婵娟误,欲妆临镜慵",及李商隐《无题》所写的"八岁偷照镜,长眉已能画"这些诗句中的含有喻托性的美女之描述,有可以相通之处。这正是温词之足以引发读者之喻托丰美之联想的一项重要因素。关于此点,我以前在《温庭筠词概说》一文中,已曾加以阐述,兹不再赘。至于韦庄的这一首《思帝乡》小词,其所以也足以引起读者深美之感发与联想的缘故,则是由于韦庄词中所抒写的一种用情的态度。温词客观,韦词主观,温词予人感发在美感之联想,韦词予人感发在感情之品质。现在就让我们对韦庄的这首小词一加赏析。

此词开端之"春日游"三字,表面看来原只是极为简单直接的一句叙述而已,然而却已经为后文所写的感情之诚挚作了很好的准备和渲染。试想"春日"是何等美好的季节,草木之萌发,昆虫之起蛰,一切都表现了一种生命之觉醒与跃动。而"春日"之后更加一"游"字,则此"游春"之人的春心之欲,随春物以共同萌发及跃动从而可知。而春游所见之万紫千红莺飞蝶舞之景象也就从而可想了。其后再加以"杏花吹满头"一句,则外在之春物遂与游春之人更加了一层直接的关系,其感染触发之密切乃竟有及身满头之情势矣。昔北宋词人宋祁曾经写过一句著名的词,说"红杏枝头春意闹",可见"红杏"原是春天花树中极为繁盛艳丽的一种花树。"吹"字虽有花片被风吹落的意思,然而在此一句中却并没有花落春归的哀感,而却表现出一种当繁花开到极盛时,也同时伴随有花片之飞舞的一种更为缤纷盛美的景象。而且"吹"字还可表现出一种活泼撩动的感受,于是游春之人的内心,遂也因之而更增加了一种"气之动物,物之感人,故摇荡性情"的感受。何况"吹"字之下还加了"满头"二字,则外在景物对人之内心之强烈的引动可知。叙写至此,首二句已经为以后的感情之引发,培养和渲染了足够的气势,于是下面才一泻而出毫无假借地写了"陌上谁家年少、足风流"一个上六下三的九字长句,读起来笔力异常饱满。曰"陌上",是游春时士女云集之所在;曰"谁家年少",则表现了期望的真诚与选择的珍重;更加之以"足风流",是对于美好多情之预想的最高要求。然后继之以"妾拟将身嫁与、一生休"另一个上六下三的九字长句，与上一句的节奏句式全同，前一句写期望之理想，后一句写自我之奉献，两相呼应，都是前面的六字句以两字为一顿，造成一波三折的气势，然后以一个三字句为总结。曰"足风流"，曰"一生休"，极为有力地表现了意志之坚决与感情之深挚。然后在结尾处写下了"纵被无情弃，不能羞"二句殉身无悔的誓词。昔儒家有"择善固执"之说，楚骚有"九死未悔"之言，韦庄这首小词虽不必有儒家之修养与楚骚之忠爱的用心，然而其所写的用情之态度与殉身之精神，却确实可以引发读者一种深沉的感动与丰美的联想。我以前在《常州词派比兴寄托之说的新检讨》一文中，曾提出"爱之共相"之说，以为"人世间之所谓爱，虽然有多种之不同，然而无论其为君臣、父子、夫妇、朋友间的伦理的爱，或者是对学说、宗教、理想、信仰等的精神之爱，其对象与关系虽有种种之不同，可是当我们欲将之表现于诗歌，而想在其中寻求一种最热情、最深挚、最具体，而且最容易使人接受和感动的'爱'之意象，则当然莫过于男女之间的爱情"，这正是写男女欢爱之小词，有时偏能唤起读者幽微丰美之感发和联想的主要缘故。韦庄这首《思帝乡》词，便是这类写爱情而富于感发之深意的作品的很好的一篇例证。

说冯延巳词四首

鹊踏枝

梅落繁枝千万片,犹自多情,学雪随风转。昨夜笙歌容易散,酒醒添得愁无限。　　楼上春山寒四面,过尽征鸿,暮景烟深浅。一晌凭栏人不见,鲛绡掩泪思量遍。

此词开端"梅落繁枝千万片,犹自多情,学雪随风转",仅只三句,便写出了所有有情之生命面临无常之际的缱绻哀伤,这正是人世千古共同的悲哀。首句"梅落繁枝千万片",颇似杜甫《曲江》诗之"风飘万点正愁人"。然而杜甫在此七字之后所写的乃是"且看欲尽花经眼",是则在杜甫诗中的万点落花不过仍为看花之诗人所见的景物而已;可是正中在"梅落繁枝千万片"七字之后,所写的则是"犹自多情，学雪随风转"，是正中笔下的千万片落花已不仅只是诗人所见的景物，而俨然成为一种陨落的多情生命之象喻了。而且以"千万片"来写此一生命之陨落，其意象乃是何等缤纷又何等凄哀，既足可见陨落之无情，又足可见临终之缱绻，所以下面乃径承以"犹自多情"四字，直把千万片落花视为有情矣。至于下面的"学雪随风转"，则又颇似李后主词之"落梅如雪乱"。然而后主的"落梅如雪"，也不过只是诗人眼前所见的景物而已，是诗人所见落花之如雪也；可是正中之"学雪随风转"句，则是落花本身有意去学白雪随风之飘转，是其本身就表现着一种多情缱绻的意象，而不仅是写实的景物了。这里所写的不是感情之事迹而表达的却是感情之境界。所以上三句虽是写景，却构成了一个完整而动人的多情之生命陨落的意象。下面的"昨夜笙歌容易散，酒醒添得愁无限"二句，才开始正面叙写人事，而又与前三句景物所表现之意象遥遥相应，笙歌之易散正如繁花之易落。花之零落与人之分散，正是无常之人世之必然的下场，所以加上"容易"两个字，正如晏小山词所说的"春梦秋云，聚散真容易"也。面对此易落易散的短暂无常之人世，则有情生命之哀伤愁苦当然乃是必然的了，所以落花既随风飘转表现得如此缱绻多情，而诗人也在歌散酒醒之际添得无限哀愁矣。"昨夜笙歌"二句，虽是写的现

说冯延巳词四首 / *007*

实之人事，可是在前面"梅落繁枝"三句景物所表现之意象的衬托下，这二句便俨然也于现实人事之外有着更深、更广的意蕴了。

下半阕开端之"楼上春山寒四面"，正如后一首《鹊踏枝》之"河畔青芜堤上柳"，也是于下半阕开端时突然荡开作景语。正中词往往忽然以闲笔点缀一二写景之句，极富俊逸高远之致，这正是《人间词话》之所以从他的一贯之"和泪试严妆"的风格中，居然看出了有韦苏州、孟襄阳之高致的缘故。可是正中又毕竟不同于韦、孟，正中的景语，于风致高俊以外，其背后往往依然还是含蕴着许多难以言说的情意。即如后一首之"河畔青芜堤上柳"，表面原是写景，然而读到下面的"为问新愁，何事年年有"二句，才知道年年的芜青、柳绿原来就正暗示着年年在滋长着的新愁。"楼上春山寒四面"这一句，也是要等到读了下面的"过尽征鸿，暮景烟深浅"二句，才能体会出诗人在楼上凝望之久与怅惘之深。而且"楼上"已是高寒之所，何况更加以四面春山之寒峭，则诗人之孤寂凄寒可想，而"寒"字下更加上了"四面"二字，则诗人的全部身心便都在寒意的包围侵袭之下了。以外表的风露体肤之寒，写内心的凄寒孤寂之感，这也正是正中一贯所常用的一种表现方式，即如后一首之"独立小桥风满袖"、此一首之"楼上春山寒四面"及《抛球乐》之"风入罗衣贴体寒",便都能予读者此种感受和联想。接着说"过尽征鸿",此一句不仅写出了凝望之久与瞻望之远,而且征鸿之春来秋去,也最容易引人想起踪迹的无定与节序的无常。而诗人竟在"寒四面"的"楼上",凝望这些漂泊的"征鸿"直到"过尽"的时候,则其心中之怅惘哀伤,不言可知矣。然后承之以"暮景烟深浅"五个字,暮景者,日暮之景色也,然日暮之景色究竟何有?则远近之暮烟尔。"深浅"二字,正写出暮烟因远近而有浓淡之不同,既曰"深浅",于是而远近乃同在此一片暮烟中矣。这五个字不仅写出了一片苍然的暮色,更写出了高楼上对此苍然暮色之人的一片怅惘的哀愁。于此,再反顾前半阕的"梅落繁枝"三句,因知"梅落"三句,固当是歌散酒醒以后之所见,而此"楼上春山"三句,实在也当是歌散酒醒以后之所见;不过,"梅落"三句所写花落之情景极为明白清晰,故当是白日之所见,至后半阕则自"过尽征鸿"表现着时间消逝之感的四个字以后,便已完全是日暮的景色了。从白昼到日暮,诗人何以竟在楼上凝望至如此之久呢?于是结二句之"一晌凭栏人不见,鲛绡掩泪思量遍",便完全归结到感情的答案上来了。

"一晌"二字,据张相《诗词曲语辞汇释》解释为"指示时间之辞,有指多时者,有指暂时者"。引秦少游《满路花》词之"未知安否,一晌无消息",以为乃"许久"之义,又引正中此句之"一晌凭栏",以为乃"霎时"之义。私意以为"一晌"有久、暂二解是不错的,但正中此句当为"久"意,并非"暂"意,张相盖未仔细寻味此词,故有此误解也。综观此词,如上所述,既自白昼景物直写到暮色苍然,则诗人凭栏的时间之久当可想见,故曰"一晌凭栏"也。至于何以凭倚在栏杆畔如此之久,那当然乃是因为内心中有一种期待怀思的感情的缘故,故继之曰"人不见",是所思终然未见也。如果是端己写人之不见,如其《荷叶杯》之"花下见无期""相见更无因"等句,其所写的便该是确实有他所怀念的某一具体的人,而正中所写的"人不见",则大可不必确指,其所写的乃是内心寂寞之中常如有所期待怀思的某种感情之境界,这种感情可以是为某人而发的,但又并不使读者受任何现实人物的拘限。我之所以敢作如是说者,只因为端己在写"人不见"时,同时所写的乃是"记得那年花下"及"绝代佳人难得"等极现实的情事;而正中在写"人不见"时,同时所写的则是春山四面之凄寒与暮烟远近之冥漠。端己所写的,乃是现实之情事;而正中所表现的,则是一片全属于心灵上的怅惘孤寂之感。所以我说正中词中"人不见"之"人",是并不必确指的。可是,人虽不必确指,而其期待怀思之情则是确有的,故结尾一句乃曰"鲛绡掩泪思量遍"也。"思量"而曰"遍",可见其怀思之情的始终不解,又曰"掩泪",可见其怀思之情的悲苦哀伤。至于"鲛绡",则用以掩泪之巾也。据《述异记》云,鲛绡乃南海鲛人所织之绡,而鲛人则眼中可以泣泪成珠者也。曰"鲛绡",一则可见其用以拭泪之巾帕之珍美,再则用泣泪之人所织之绡巾来拭泪,乃愈可见其泣泪之堪悲,故曰"鲛绡掩泪思量遍"也。

全词至此,原已解说完毕,只是我在前面一直都以主观自我叙写之口吻来解说此词,假如此词果为正中之自叙,则正中乃是一位男士,而末句"鲛绡掩泪"之动作,乃大似女郎矣。其实正中此词,如我在前面所说,原来它所写的乃是一种感情之境界,而并未实写感情之事迹,全词都充满了象喻之意味,因此末句之为男子口吻抑为女子口吻,实在无关紧要,何况美人、香草之托意,自古而然。"鲛绡掩泪"一句,主要的乃在于这几个字所表现的一种幽微珍美的悲苦之情意,这才是读者所当用心去体味的。这种一方面写自己主观之情意,而一方面又表现为托喻之笔法,与端己之直以男子之口吻来写所欢的完全写实之笔法,当然是不同的。

鹊踏枝

谁道闲情抛弃久?每到春来,惆怅还依旧。日日花前常病酒,不辞镜里朱颜瘦。　河畔青芜堤上柳,为问新愁,何事年年有?独立小桥风满袖,平林新月人归后。

冯延巳实在应该是五代词人中一位极为重要的作者,他的作品在五代北宋之间,对于词之发展曾经产生过非常值得重视的影响。然而历代评词和选词的人,对于他的成就却似乎并未曾予以应有的重视。那是因为他的词从表面看来,似乎也并未曾脱除五代一般小令的风格,其所叙写者,也不过仅是一些闺阁园亭之景、伤春怨别之情而已。然而若就其内容之意境言之,则冯词却实在已形成了一种重要的开拓。关于此点,我在以前《从〈人间词话〉看温韦冯李四家词的风格》(见拙著《迦陵论词丛稿》)、《灵谿词说·论冯延巳词》(见《四川大学学报丛刊》第十五辑《古典文学论丛》)与《冯正中词的成就及其承前启后的地位》(见《北京师范学院学报》1982年第4期)诸文中都已曾有所阐述。盖词之初起原为歌筵酒席间之艳词,并无鲜明之个性及深刻之意境可言。温庭筠词意象之精美虽足以引起读者美感之联想，然而却缺乏主观抒情的直接感发之力；韦庄词虽具有主观抒情的直接感发之力，然而却又过于被个别之情事时地所拘限；至冯词之出现，则一方面既富有主观抒情的直接感发之力，而另一方面却又能不被个别之人物情事所拘限，而传达出了一种个性鲜明的感情之意境，遂使读者因之而能引起一种丰美的感发和联想。这种特色曾经影响了北宋初年的晏殊、欧阳修诸人，使令词之发展进入了一个意蕴深美感发幽微的境界，是中国词之发展史中一项极为可贵的成就。现我们就将以这首小词为例证，对冯词之此种特色与成就略加介绍。

此词开端之"谁道闲情抛弃久"一句，虽然仅只七个字，然而却写得千回百转，表现了在感情方面欲抛不得的一种盘旋郁结的挣扎的痛苦。而对此种感情之所由来，却又并没有明白之指说，而只用了"闲情"两个字。昔曹丕之《善哉行》曾有句云："高山有崖，林木有枝，忧来无方，人莫之知。"这种莫知其所自来的"闲情"才是最苦的，而这种无端的"闲情"对于某些多情善感的诗人而言，却正是如同山之有崖、木之有枝一样的与生俱来而无法摆脱的。所以词人才说"谁道闲情抛弃久"，"抛弃"正是对"闲情"有意寻求摆脱所作的挣扎，而且冯氏还在后面用了一个"久"字，更加强了这种挣扎努力的感觉。可是冯氏却在此一句词的开端先用了"谁道"两个字,"谁道"者,原以为可以做到,而谁知竟未能做到,故以反问之语气出之,有此二字,于是下面的"闲情抛弃久"五字所表现的挣扎努力就全属于徒然落空了。于是下面乃继之以"每到春来,惆怅还依旧",上面着一"每"字,下面着一"还"字,再加上后面的"依旧"两个字,已足可见此"惆怅"之永在常存。而必曰"每到春来"者,春季乃万物萌生之候,正是生命与感情醒觉季节,而冯氏于春心觉醒之时,所写的却并非如一般人之属于现实的相思离别之情,而只是含蓄地用了"惆怅"二字。而"惆怅"者,是内心恍如有所失落又恍如有所追寻的一种迷惘的情意,不像相思离别之拘于某人某事,却是较之相思离别更为寂寞、更为无奈的一种情绪。既然有此无奈的惆怅,而且经过抛弃的挣扎努力之后而依然永在常存,于是下面两句冯氏遂径以殉身无悔的口气,说出了"日日花前常病酒,不辞镜里朱颜瘦"两句决心一意承担负荷的话来。"花前"之所以"常病酒"者,杜甫在《曲江》二首之一中,曾经说过"且看欲尽花经眼,莫厌伤多酒入唇"的话,对于如此易落的花,何能忍而不更饮伤多之酒,此"花前"之所"常病酒"也。上面更着以"日日"两字,更可见出此一份惆怅之情之对花难遣,故唯有"日日"饮酒而已。曰"日日"，盖弥见其除饮酒之外无以度日也。至于下句之"镜里朱颜瘦"，则正是"日日病酒"之生活的必然的结果。曰"镜里"，自有一份反省惊心之意，而上面却依然用了"不辞"二字，昔《离骚》有句云"虽九死其犹未悔"，"不辞"二字所表现的，就正是一种虽殉身而无悔的情意。我在前面曾经说过冯词所表现的往往不是现实的个别的情事，而是一种个性鲜明的感情之意境，这首词上半阕所写的这种曾经过"抛弃"的挣扎、曾经过"镜里"的反省而依然殉身无悔的情意，便正是冯氏词中所经常表现的意境之一。而此种顿挫沉郁的笔法，此种惝恍幽咽的情致，也正是冯词中所常见的笔法和情致。

下半阕承以"河畔青芜堤上柳"一句为开端，在这首词中实在只有这七个字是完全写景的句子，但此七字却又并不是真正只写景物的句子，不过是以景物为感情之衬托而已。所以虽写春来之景色，而并不写繁枝嫩蕊的万紫千红，而只说"青芜"、只说"柳"。"芜"者，丛茂之草也。"芜"的青青草色既然遍接天涯，"柳"的缕缕柔条更是万丝飘拂，这种绿遍天涯的无穷的草色，这种随风飘拂的无尽的柔条，它们所唤起的，或者所象喻的，该是一种何等绵远纤柔的情意。而这种草色又不自今日方始，年年河畔草青，年年堤边柳绿，则此一份绵远纤柔的情意，岂不也就年年与之无尽无穷？所以下面接下去就说了"为问新愁，何事年年有"二句，正是从年年的芜青柳绿，写到"年年有"的"新愁"。但既然是"年年有"的"愁"，何以又说是"新"？一则此词开端已曾说过"闲情抛弃久"的话，经过一段"抛弃"的挣扎，而重新又复苏起来的"愁"，所以说"新"，此其一；再则此愁虽旧，而其令人惆怅的感受，则敏锐深切岁岁常新，故曰"新"，此其二。至于上面用了"为问"二字，下面又用了"何事"二字，造成了一种强烈的疑问语气，若将之与此词首句开端之"谁道闲情抛弃久"七字合看，从其尝试抛弃之徒劳的挣扎，到现在再问其新愁之何以年年常有，有如此之挣扎与反省而依然不能自解，这正是冯延巳一贯用情的态度与写情的笔法。而在此强烈的追问之后，冯词却忽然荡开笔墨，更不作任何回答，而只写下了"独立小桥风满袖，平林新月人归后"两句身外的景物情事。而仔细玩味，则这十四个字却实在是把惆怅之情写得极深的两句词。试观其"独立"二字，已是寂寞可想，再观其"风满袖"三字，更是凄寒可知，又用了"小桥"二字，则其立身之地的孤伶无所荫蔽亦复如在目前，而且"风满袖"一句之"满"字，写风寒袭人，也写得极饱满有力。在如此寂寞孤伶无所荫蔽的凄寒之侵袭下，其心情之寂寞凄苦已可想见，何况又加上了下面的"平林新月人归后"七个字。曰"平林新月"，则林梢月上，夜色渐起，又曰"人归后"，则路断行人，已是寂寥人定之后了。从前面所写的"河畔青芜"之颜色鲜明来看，应该乃是白日之景象，而此一句则直写到月升人定，则诗人承受着满袖风寒在小桥上独立的时间之长久也可以想见了。清朝的诗人黄仲则曾有诗句云："如此星辰非昨夜，为谁风露立中宵？"又曰："独立市桥人不识，一星如月看多时。"如果不是内心中有一份难以安排解脱的情绪，有谁会在寒风冷露的小桥上直立到中宵呢？从这首词我们已可见出，冯延巳所表现的一种孤寂惆怅之感，既绝不同于温庭筠词之冷静客观，也绝不同于韦庄词之拘限于现实之情事，冯词所写的乃是心中一种常存永在的惆怅哀愁，而且充满了独自担荷着的孤寂之感，不仅传达了一种感情的意境，且表现出强烈而鲜明的个性，这是冯词最可注意的特色和成就。

抛球乐

酒罢歌余兴未阑，小桥流水共盘桓。波摇梅蕊当心白，风入罗衣贴体寒。且莫思归去，须尽笙歌此夕欢。

此词开端"酒罢歌余兴未阑"一句，前四字是写两件事情的结束，而后三字却正暗示了另一些情事的开端。昔谭献《谭评词辨》评欧阳修《采桑子》一词之开端"群芳过后西湖好"一句云"扫处即生"，就是说一方面是结束而另一方面却正是开始的意思，正中此七字也正是如此。"酒罢歌余"者，是酒既饮罢，歌也听残，然而却又继之以"兴未阑"，是意兴犹有未尽也。于是诗人遂不得不为此难尽之意兴更觅一安顿排遣之所，因之乃有下一句之"小桥流水共盘桓"也。然而，饮酒、听歌是何等热闹欢欣的场面，而小桥、流水又是何等冷落凄清的所在。正中自如彼饮酒、听歌的场面，因为意兴未阑而却转入如此冷落凄清之所，这是极耐人寻味的一件事。有此一转，然后可知正中在听歌、饮酒之意兴中，原来就自有其寂寞凄凉之一面心境，更可知正中在寂寞凄凉之心境中，有时却又自有其强求欢乐的一种意兴。正中词中往往表现有此两种相反相成之意境，如其《采桑子》词之或于"旧愁新恨知多少"之后，接写"更听笙歌满画船"，或于"满目悲凉"之后，接写"纵有笙歌亦断肠"，或于愁恨中翻更听歌，或于笙歌中转亦断肠，正中词每于耽溺之执著中作反省之挣扎，又于反省之挣扎中见耽溺之执著，所谓"和泪试严妆"，这种悲苦与欢乐之错综的表现，该也正是"和泪试严妆"所代表的另一种境界吧。而这也正是此词于"酒罢歌余兴未阑"之后，当下便转入了"小桥流水共盘桓"之缘故。"盘桓"者，徘徊不去之意，昔陶渊明《归去来兮辞》有"抚孤松而盘桓"之语，证之于渊明诗之往往托孤松以自喻，则渊明之所以抚孤松而徘徊不去者，岂不因其内心深处与此孤松正有一份戚戚之共感。如今正中乃欲与小桥流水共此盘桓，夫"小桥"是何等孤伶无可荫蔽的所在，"流水"更象喻着何等凄寒而长逝的悲哀。而且"桥"之为物，乃是供人来往之用，并非供人长久盘桓之所在，而今正中于"酒罢歌余"之际，乃竟盘桓于"小桥"之上，欲共此"流水"而徘徊不去，则其内心于追欢寻乐之后所感受的孤寒无聊赖可知。

继之以下二句之"波摇梅蕊当心白，风入罗衣贴体寒"，则是盘桓之际孤寒无聊赖中之所见、所感也。"梅蕊"自然指梅树上之花蕊，然而既是树上之花蕊，又何以能被水波摇动？或以为梅蕊乃指已落在水中之梅花，这实在乃是误解：一则，因为"蕊"乃指含苞初放之花朵，杜甫《江畔独步寻花》诗"嫩蕊商量细细开"一句可以为证，是"梅蕊"不指已落之花者一也；再则，自下面的"当心白"三字来看，"白"字自当指花蕊之色，"当心"则为正当波心之意，如果是落在水中的花蕊，则零落散漫，随波流逝，如何能把花蕊之白色只留在波心，此"梅蕊"之不指已落之花者二也。但既非落花，则树上之花蕊又何以会在波中摇动？则杜甫之《渼陂行》有句云"半陂已南纯浸山，动影袅窕冲融间"，浸在水中之山影既可以随波摇动，则浸在水中的花影当然更可以随波摇动了，所以说"波摇梅蕊"。其随波摇动者正为梅蕊之倒影，而并非落花可知。这正是其所以能只留在波心而并不随流水以俱逝的缘故。而梅蕊之倒影则是白色的，故曰"当心白"，此三字正写梅花倒映在水中所呈现在波心之一片白色的摇动的光影。以上只不过是把本句的文字及其所写的景物略作说明而已，其实此句真正之好处，乃在于写景之外所表现之由此景物所唤起及所象喻着的一种内心之境界。试想一片白色的光影摇在波心之中，白色的凄寒与光影动荡迷茫，其所唤起及所象喻着的诗人内心中之凄寒迷惘的感觉该是何等深切，因此说"波摇梅蕊当心白"，明明写出"当心"二字来，正足以表现此摇动之一片白色之自波心直动荡到诗人之内心，是诗人之心中亦正复有此迷惘凄寒的动摇之一片白色也。这是极有神致的一句好词，所写正不仅眼前景物而已，而是由眼前景物所唤起和象喻的一种内心之境界，这正是正中词的独到之处。王氏四印斋刻本《阳春集》

于"当"字下注云:"别作伤。""伤心白"三字,也未始不好:一则,"伤心"二字双声,恰好与下一句"贴体"二字之双声相对;再则,"波摇梅蕊""白"五字都是写景,加上"伤心"二字写情,一如世所传李白之《菩萨蛮》词"平林漠漠"一首之"寒山一带伤心碧",使人读之大有情景交融之感,所以作"伤心白"似亦原无不可。唯是除四印斋刻本有此注语外,其他诸本及选本仍以作"当心白"者为多,而且"伤心白"三字之好处,乃是容易讲出来的,而"当心白"三字之好处,则是不容易讲出来的。"当心白"三字虽不明言"伤心",而自彼波心映入诗人心目中之一片光影的摇动,似乎却更富于惝恍迷离之感,这正是我之所以选取了"当心白"三字,而且不惜辞费来加以解说的缘故。至于下一句"风入罗衣贴体寒",表面上也只是写桥上之风寒直透人衣而已,然而试看这一句所用的"风入"的"入"字,及"贴体"的"贴"字,都是何等有力而深切的字样,而且"罗衣"的"罗"字所显示的又是何等不能御风的单寒。总之,此句所表现的乃是无可抵御的全身的寒冷之感,而这种全身的寒冷之感也是有着某种象喻的意味的。也就是说,这种寒冷之感并非全由于外界之因素,而是由于诗人之内心中本来就有着这一种为寒冷所浸透的感觉,所以此句所写的,实在不仅只是身体之寒冷,而实在

说冯延巳词四首

也是心灵的凄寒之感。至于如何来判断一般诗人所写的寒冷之感是仅属于身体的现实的寒冷，抑或更有着象喻意味的属于心灵的凄寒之感，我想这该是从诗人叙述的口吻中可以体味得到的。如以杜甫《月夜》一诗之"香雾云鬟湿，清辉玉臂寒"二句，与杜甫另一首《佳人》诗"天寒翠袖薄，日暮倚修竹"二句相较，则前二句杜甫所写的，乃是遥想他的妻子于月夜怀念良人之时在月光与雾气之下的肌肤的寒冷，虽然言外也有凄清寂寞的意味，但那仍不过只是属于环境所造成的一时的凄清而已；至于后二句，则是遥想一位乱离之后家人死丧又为良人所抛弃的佳人之单寒翠袖、倚竹伶仃的情境，这二句的天寒袖薄，就俨然有着某种象喻的意味，而不仅只是写现实的肌肤之寒了。再如李义山《端居》一诗之"远书归梦两悠悠，只有空床敌素秋"二句，虽然在句中并未言明寒字，然而"素秋"二字所暗示的萧索寒冷之感是极为明显的，再加之上句所写的"远书""归梦"两俱"悠悠"，是心灵与感情之全无依傍可知，所以下一句乃说"只有空床"来"敌素秋"了。"敌"字乃是抵御之意。是则义山所用以抵御此萧索寒冷之素秋的只剩有一张"空床"而已，"床"而着一"空"字，是极言其丝毫无可用以抵御之物也。义山所写的无可抵御的萧索寒冷之感，就也不仅只是现实身体之寒冷而已，而是有着象喻意味的属于心灵的某种为寒冷所侵袭而无法抵御的感觉。正中此句"风入罗衣贴体寒",就是把这种属于内心中之寒冷无法抵御的感觉写得极深切的一句词。如果把此句与上一句之"波摇梅蕊当心白"合看,才更可体味出正中所写的内心中之一片迷惘凄寒,是何等"当心""贴体"的悲凉无奈。

而在这二句小桥流水的盘桓所唤起的悲凉无奈之感以后,正中却忽然掉转笔来重写对欢乐的追寻,而且极执著地写下了"且莫思归去,须尽笙歌此夕欢"的句子,遥遥与开端之"酒罢歌余兴未阑"七字相呼应,不仅笔法有顿挫往复之致,而且用字也极为曲折沉郁,加上一句"且莫思归去"之"且莫"二字,与下一句"须尽笙歌此夕欢"的"须尽"二字,可以说都是经过感情的挣扎然后盘郁而出的。"且莫"者,暂且不要之意也,说暂时不要归去是明知其终必要归去也,而犹作此"且莫"之挣扎,岂不因归去以后之孤寂悲凄,较之此际小桥流水之"波摇""风入"的迷惘凄寒有更为难耐者在,这是第一层盘郁;至于"须尽",则是一定要做到终尽之意,至其所欲尽者则是笙歌之欢乐,然而此词开端却又明明已先写出过"酒罢歌余"的字样,而且中间曾经过一段小桥流水的波摇、风入的盘桓,则结尾之所谓"须尽""欢"者,其为悲苦孤寂中强欲寻欢之心境分明可知,而却仍以"须尽"字样说是一定要做到尽欢,这种挣扎乃是第二层盘郁。这正是正中一贯用情和用笔的态度,如前所举第一首《鹊踏枝》词之自已落繁花之转入独自多情,第二首《鹊踏枝》词之抛弃闲情之转入惆怅依旧,便都是表现的这一种顿挫缠绵惝恍抑郁的境界。读正中词,虽不能使读者确知其情事之究竟何指,而读之者却自然会兴起一种难以自解的无可奈何的怅惘哀伤之感,其意蕴之深厚曲折,确实难以作明白之言说的。这正是正中词之所以独被《人间词话》赞许为"深美闳约"的缘故。

抛球乐

逐胜归来雨未晴,楼前风重草烟轻。谷莺语软花边过,水调声长醉里听。款举金觥劝,谁是当筵最有情?

早在钟嵘《诗品·序》中,就曾说过"气之动物,物之感人,故摇荡性情,形诸舞咏"的话。大自然中四时景物之变化之足以感动人心,本来是千古以来诗歌创作中之一项重要质素,而一般说来,则外界物象之所以能感动人心者,大约主要有两种情形:其一是由于有生之物对于生命之荣谢生死的一种共感,所以见到草木之寥落,便可以想到美人迟暮之悲,如陆机在《文赋》中所说的"悲落叶于劲秋,喜柔条于芳春",这是最为常见的一种情况;其二则有时也由于大自然之永恒不变的运转,往往可以对人世之短暂无常,形成一种强烈的对比,即如李煜在其《虞美人》词中之由"春花秋月何时了"与"小楼昨夜又东风",而感慨到"往事知多少"与"故国不堪回首月明中",这也是一种常见的情况。在这两种情况中,其物与心之互相感发的关系,可以说都是较为明白可见,而且在评赏时,也都是较为容易解说的。然而却也有些作品,其物与心之间相互感发的关系,则并不如此明白易见,而其中却又确实具有一种深微幽隐的感发,这一类诗词是最难加以评析解说的作品,而冯延巳的这一首词,就正是属于这一类的作品。其所传达的并不是什么强烈明显的情意,而是以锐敏细致的感受,传达了一种深微幽隐的情绪之萌发。

开端第一句"逐胜归来雨未晴",先由时节和天气写起,而在时节与天气之间,则表现了一种矛盾的情况。时间是美好的游春逐胜的日子,而天气则是阴雨未晴的天气。所谓"逐胜"者,盖指春日之争逐于游春赏花等胜游胜赏之事,意兴原该是高扬的,而阴雨的天气则使人有一种扫兴之感。可是"雨"而曰"未晴",则似乎也透露有一种将晴而未晴之意。更何况诗人之"逐胜"也已经"归来",是则虽在阴雨之中，而诗人却也并未曾因之而放弃"逐胜"之春游，而在此种种矛盾的结合之间，便已显出了一种繁复幽微的感受——既有兴奋，也有怅惘；既有春光之美好，也有细雨之迷濛。所以仅此开端一句看似非常平淡的叙写，却实在早已具含了足以引发人心之触动的多种因素。像这种幽微婉曲的情境，是只有最为敏锐善感的心灵才能感受得到的，也是只有最具艺术修养的诗人才能表现得出来的。接下去的"楼前风重草烟轻"一句，所写的就正是此一敏锐善感之诗人在"逐胜归来雨未晴"的情绪之触引中的眼前之所见。"楼前"二字，表面不过只写诗人之倚立楼头，为以下所写楼前所见之景物作准备，但诗人既已是"逐胜归来"，则何以竟未曾入室憩息，而依然倚立楼头？此当不因其内心中正有一种触引感发之故乎！而接下来所写的"风重草烟轻"五个字，则使得其心中原已触引起的一种感发，有了更为滋长和扩大的趋势。"风重"者，是说风力之强劲，"草烟轻"者，是说草上之烟霭正因风之吹散而逐渐消失。表面所写固是眼前雨中将晴未晴之景色，然而"物色之动，心亦摇焉"，这种看似与人无干的景色，却也正是引起人心微妙之触发的重要因素。北宋词人柳永就曾写过两句词，说"草色烟光残照里，无人会得凭栏意"，可见"草色烟光"的景色，是确实可以引起人内心中之一种感发的。而且一个人如能够观察到风力之"重"与草烟之"轻",则此人必是已在楼头伫立了相当长久的时间了。于是诗人对四周的景物情事也就有了更为清楚的认知与更为深刻的感受。因此一面乃又继之以"谷莺语软花边过,水调声长醉里听"的叙写。"谷莺",是才出谷的黄莺,正是鸣声最为娇软之时,这种鸣声正代表了春天所滋育出来的最新鲜的生命。何况这种娇软的莺啼,又是从繁枝密叶的花树边传送过来的,有声,有色,这种情景和声音所给予诗人的感发,当然就较之第二句的"风重草烟轻"更为明显和动人了。如此逐渐写下来,大自然之景象便与诗人之情意逐渐加强了密切的关联。于是下一句的"水调声长醉里听"便正式写到了人的情事。所谓"水调"者,据《乐府诗集》卷七十九《近代曲辞》所载《水调歌》之记叙,引《乐苑》曰"水调,商调曲也",又称其"声韵怨切",可见"水调"必是一种哀怨动人的曲子。而诗人又于"水调"之下加了"声长"二字,便更可想见其声调之绵远动人了。何况诗人还在后面又加了"醉里听"三个字,如此就不仅写出了饮酒之醉,而且因为酒之醉也更增加了诗人对歌曲的沉醉。

  这首词从开端的时节与天气一直写下来,真可以说是引起了千回百转的无限情思。既有了如此幽微深切的感发,于是便不由人不想到要寻找一个足以将这些情思加以投注的对象,于是词人遂在最后写出了"款举金觥劝，谁是当筵最有情"两句深情专注的词句。这二句真是表现得珍重缠绵。试看"款举"是何等珍重尊敬的态度，"金觥"是何等珍贵美好的器皿，而金觥之中又该是何等芳醇的酒浆，最后更加一"劝"字，当然是劝饮之意，如此珍重地想要将芳醇的美酒呈献给一个值得呈献的人，则诗人心中所引发洋溢着的又该是何等深挚芳醇的情意。可是呈献给什么人呢？所以最后乃结之以"谁是当筵最有情"，在今日的筵席之间，哪一个才是真正能够体会这种深酽的情意，值得呈献这一杯美酒的有情人呢？这首词从开端看来，原也只似一首泛泛的叙写春天景物的流连光景之作，但却于平淡的叙写中逐渐加深了情意的感发，表现出内心中深微幽隐的一种投注和奉献的追寻及向往之情。这种对于深一层之意境的引发，正是冯延巳词的一贯的特色。只不过如他的《鹊踏枝》的"谁道闲情抛弃久"和"梅落繁枝千万片"诸词写得较为盘郁沉重，而这一首词则写得较为疏朗轻柔，刘熙载在《艺概·词概》中曾经说："冯延巳词，晏同叔得其俊，欧阳永叔得其深。"大抵欧词所得之于冯词者，近于其盘郁沉重的一类作品，而大晏词所得之于冯词者，则近于其疏朗轻柔的一类作品，当然在相似之中也仍有各人不同的风格，可以参看笔者所撰《灵谿词说》中论冯、晏、欧三家之评析，此处就不暇详述了。

说李煜词一首

虞美人

春花秋月何时了,往事知多少。小楼昨夜又东风,故国不堪回首月明中。　　雕栏玉砌应犹在,只是朱颜改。问君能有几多愁,恰似一江春水向东流。

李煜,一般又被人称为李后主,因为他是五代十国时南唐的最后一个君主。他自二十五岁嗣位,三十九岁降宋,北俘至汴京,四十二岁被毒而死。这首词就是他亡国入宋以后、被毒死前不久的作品。李煜词的一个主要的特色,就在于他的纯真无伪饰。我尝以为中国历代诗人中,最能以真纯之本色与世人相见者,一个是东晋时退隐躬耕的陶潜,另一个就是五代时破国亡家的李煜。不过陶潜的"真"是具有着一种哲理之了悟的智慧性的"真",而李煜的"真"则是全无理智与反省的纯情性的"真"。陶潜在"任真"之中,仍然有他自己的某种反省与持守;而李煜之"任真",则是全无反省与节制的任纵,他在亡国前之耽溺于享乐,在亡国后之耽溺于悲哀,表面看来,其情感之内容虽有不同,然而其为一任真情之倾注而无所节制的李煜,则实在是始终如一的。所以王国维的《人间词话》乃称其"不失赤子之心",又谓其"阅世愈浅""性情愈真",这自然是极有见地的评语。但另一方面,则《人间词话》却又称其词为"眼界大""感慨深"。这几句话和前几句话,初看起来似乎颇为矛盾,但却也同样是极有见地的评语。因为李煜原来就正是以他的赤子之心,体认了人间最大的不幸,以他的阅世极浅的纯真的性情,领受了人生最深的悲慨的一位作者。在他的词作中,他的两类内容与风格似乎完全相异的作品,却原来正出于一个相同的源流,这是极有意味也极可注意的一件事。我一直以为一个人对人世的接触和认识,可以有两种不同的角度和方式:一种是外延的,一种是内入的。外延的一型,其对于人世所得的体认,则乃是出于博大周至的观照;而内入的一型,其对于人世所得的体认,则乃是出于深刻真切的感动。李煜这一位词人,当然是属于后一类的典型。他对人世的体认,全无假于外延的普遍的认识,而是只以其纯真强锐的感受，直透事物的核心，所以表现于外，乃有了一种由核心遍及于全体的趋势。这正是李煜之所以虽然"阅世浅"，而却能表现为"眼界大"，虽然"不失赤子之心"，而却能表现为"感慨深"的缘故。明白了李煜词的这种特质，现在就让我们对他的这首《虞美人》词略加赏析。

这首词在李煜词中是最为人熟知的一首词，但却也是最难以解说的一首词。因为凡是为人所熟知的词，一般读者就往往会因其过于熟知而产生了一种钝感。何况这首词中一点也没有任何生涩艰难的辞字，因此要想对之加以解说，就不免会有无从着力之感。但这首词确实是一首好词。开端的"春花秋月何时了，往事知多少"，仅只两句，便有一网把天下人尽都包罗在内的力量。因为"春花"的开落与"秋月"的圆缺，正是古今中外所有人都共同亲历和常见的景象，而这种景象又恰好代表了宇宙中永恒与无常两种基本的形态。就其仅只一度之开落与圆缺而观之，自然是短暂无常；而就其年年岁岁之循环往复言之，则又是如此永恒而无尽。包容如此深广的情意，而李煜却写得如此真率自然。即此一端，我们就已经足可体会出李煜词最可注意的一点特色，那就是他对一切事物之感受与表现的态度之全出于直感而不假思索雕饰。但也就正是这种纯真的直感，才使他如此敏锐地直探到宇宙一切事物的核心。所以他所写的虽然只是个人一己对于"春花秋月"的感受，然而却把普天下之人面对此永恒与无常之对比，所可能产生的一份无可奈何的共感都表现出来了。下面的"何时了"三个字，就恰好一方面写出了此种无可奈何的共感，另一方面也写出"春花秋月"的无尽无休。只不过面对此"春花秋月"的人的生命，却随着每一度的开落与圆缺而长逝不返了。所以下一句就以"往事知多少"五个字，写出了人世无常之足以动魄惊心。曰"知多少"，似是问句，其实只是深慨于去日之苦多，而并非真欲问其多少也。这五个字在字面上与前一句是相对比的：上一句之"何时了"是写宇宙之运转无穷，是来日之茫茫无尽；而此句之"知多少"则是写人生之短暂无常，是去者之不可复返。但另一面则"何时了"三字却又早已透露了负荷着无常之深悲的人，对此无穷尽之宇宙运转的深深的无奈。在对比中有承应，于自然中见章法。而且这种既相承应又相对比的章法，还不仅首二句为然，试看下一句之"小楼昨夜又东风"，岂不又恰好翻回头来再与首一句之"春花秋月何时了"相呼应。用一"又"字，正写出了"何时了"的无尽无休。何况"东风"又恰好是属于"春花"的季节。其呼应之章法，岂不明白可见。只是首句所写的"春花秋月"，乃是一般人皆有的共感，而此句之"小楼昨夜"，则把时间与地点都加上了明白切近的描述。乃是作者一人之所感,而李煜之能写出天下人之共感,便正是由于他个人一己之所感之特别深切之故。所以下一句乃完全以一个亡国之君的一己的口吻,写下了"故国不堪回首月明中"一句深悲极恨的苦语。这一句与上一句乃是又一个鲜明的对比。上句之"又东风"的作用在与首句之"何时了"相呼应,都是写宇宙之运转无穷的一面;而此句之"不堪回首"的作用则在与第二句之"往事知多少"相呼应,同样是写人生之变化无常的一面。除去这两层对比以外,此句后三字之"月明中"又隐然与首句之"秋月"相遥应。虽然此句承上句"东风"来看,应该乃是"春月",然而无论其为"春月"或"秋月",其为"月明"则一也。而"月明"则是最容易引起人思乡怀旧之情的。因为"月明"乃是属于恒久不变的,故乡之明月既同样临照他乡,今宵之月色亦正复大似当年,则此日为阶下囚的李煜,当其看到天边的一轮明月,而想到当年"待踏马蹄清夜月"(见其《玉楼春》词)的豪兴,则故国已经倾覆败亡,何处是当年的"春殿",何处是旧日的笙歌,何处能重温当时"醉拍阑干"(见其《玉楼春》词)的一份情味。凡此种种都已成为永不复返的"往事",故曰"故国不堪回首月明中"也。说是"不堪回首",却并非是不回首。"不堪"者,正是由于"回首"方知其难于堪忍此回首之非也,是则正足以证明其曾经"回首"也。所以下半阕开端之"雕栏玉砌应犹在",就完全写的是回首中的故国情事。"应犹在"的"应"字,正是一片追怀悬想的口吻。所谓"雕栏",其所追怀者莫非是自己当年曾经亲手"醉拍"的"阑干";所谓"玉砌",其所追怀者莫非是当年曾经有人"刬袜步香阶"的阶砌(见其《菩萨蛮》词)。"雕栏"与"玉砌"无知,不解亡国之痛,必当依然尚在。只是当年曾经在栏边、砌下流连欢乐的有情之人,却已非复当年的神韵丰采了,故曰"只是朱颜改"也。这两句词的上句之"应犹在",乃是与第三句之"又东风"及首句之"何时了"相承而下的,全从宇宙之恒久不变的一面下笔;而下一句之"朱颜改"则是与第四句之"不堪回首"及第二句之"往事"相承而下的,全从人生之短暂无常的一面下笔。这样综合起来一看,就会发现,原来这一首词的前面六句,乃是恒久不变与短暂无常的三度对比。在如此强烈的三度对比之下,所表现的"往事""故国"与"朱颜"都已成长逝不返的哀痛,当然乃一发而不可遏了。于是李煜乃以其一往不返的真情,写出了最后二句"问君能有几多愁"的对愁恨彻底的究诘,与"恰似一江春水向东流"的往而不返的答复。而李煜之用情的倾注和耽溺,于此也又得到了一次证明。

李煜之以全心感受哀愁，亦正如其早期词作中某些作品之以全心感受欢乐。因为正是唯有能以全心去享受欢乐的人，才真正能以全心去感受哀愁。而也唯有能以全心去感受哀愁的人，才能以其深情锐感探触到宇宙人生的某些真理和至情。所以李煜此词乃能从一己回首故国之悲，写出了千古人世的无常之痛，而且更以"春花秋月"及"一江春水"如此真切直接的形象，表现出一种超越古今的口吻和滔滔无尽的气象。像这种直探核心而又包举外延的成就，当然不是宋徽宗《燕山亭》词之"裁剪冰绡，轻叠数重"之描头画脚的刻画所能相比的。而更值得注意的，则是李煜此词的章法之周密与气象之博大，又都并非出于有意之安排。他只是以纯真与倾注为其感受与表现的基本态度，而却使得各方面的成就都本然地达到了极致，这正是李煜词之最不可及的一点过人之处。

说晏殊词一首

踏莎行

细草愁烟,幽花怯露,凭栏总是销魂处。日高深院静无人,时时海燕双飞去。 带缓罗衣,香残蕙炷,天长不禁迢迢路。垂杨只解惹春风,何曾系得行人住?

晏殊的词一般都写得凄婉而且温润,不为激言烈响的劲切之辞,而却极其富于深微幽隐的感发之作用,这首《踏莎行》词,便是颇能表现出此种特色的一首好词。开端"细草愁烟,幽花怯露",表面上看来只是景物的叙写:小草上的烟霭迷濛,花蕊上的露珠泫照。所写都是外在的景象,而内含的却是极锐敏的感受。所用的"愁"字和"怯"字,表现了晏殊极细腻的情思,且与形式上细密的对偶的形式完美地结合为一体。你看，春天里，那些细草在烟霭之中仿佛是一种忧愁的神态，那朵幽花在露水之中仿佛有一种颤惊的感觉。用"愁"来表达草在烟霭中的感受，用"怯"来描写花在晨露中的感受，表面上说的是花和草的心情，实际上是通过草与花的人格化来表明人的心情，亦物亦人，物即是人。晏殊另一首《蝶恋花》之"槛菊愁烟兰泣露"句，可以与此相参看，境界相同，只是一个是秋景，一个是春景，但同样是在细小的形象中，表现了晏殊观察之纤细、幽致、锐感和善感的诗人特质，投注了他细腻幽深的情思。下面一个七字长句"凭栏总是销魂处"，是前两个四字短句的总结，是感情上的一个总的叙述。这个结句告诉你："细草愁烟，幽花怯露"，是诗人靠在栏杆上所见到的景物。凭栏远眺是常人的习惯，但人人都凭栏，人人都看江山，人人都看草，人人都看花，却唯有晏殊看到了细草在那春天的烟霭中有忧愁的意味，小花在晨露中有寒怯的感觉，并且竟触发他感到"销魂"。你说"销魂"，不是悲哀愁苦才销魂吗？可是晏殊却只因草上的丝丝烟霭的迷濛，花上的点点露珠的泫照，就能"销魂"，这才更显出词人之情意的幽微深婉。后面紧连两个七字句把上片总结起来："日高深院静无人，时时海燕双飞去。"前面由写景转而写人，这两句则是以环境的衬托，进一步写人。"静无人"，实是有人，有一个凭栏销魂的人在。"日高深院静无人"的环境，衬托着人的寂寥。"时时海燕双飞去"，则是以"海燕双飞"反衬人的孤独，海燕是双双飞去了，给孤独的人却留下了一缕绵绵无尽的情思，在"日高深院"里萦回盘桓，渲染出一种孤寂之中的深沉的怅惘。

下片"带缓罗衣，香残蕙炷"，由上片的室外转向室内，仍在写人。《古诗十九首》曾云"相去日已远，衣带日已缓"，写因怀念远去的人而消瘦、憔悴。这里的"带缓罗衣"，以衣服宽大写人的消瘦，也暗示着离别。"香残蕙炷"，"蕙"是蕙香，一种以蕙草为香料制成的熏香，古代女子室内常用。"残"是烧残。"炷"是香炷，即我们常说的"一炷香"的"炷"。"香残蕙炷"是写室内点的蕙香，一段段烧成残灰。这又暗示着室内之人心绪的黯淡。秦观《减字木兰花》上片云："天涯旧恨，独自凄凉人不问。欲见回肠，断尽金炉小篆香。"以断香比拟自己内心千回百转的愁肠已然断尽，比拟自己的情绪的冷落哀伤，可以在这里作注。但晏殊并没有像秦观以"篆香"比"回肠"这样清楚地表明自己内心之情，他只是客观地写出"带缓罗衣，香残蕙炷"，不明显，不激动，很含蓄。一般人念起来，因为很容易读懂，所以会一带而过不再去作深一步体会。但晏殊的词是非细心体会不可得其妙处的。一读而过，他有多少离别相思怀念的情意因为没有直说便被忽略了，岂不是入宝山而空手归的憾事？《古诗十九首》所说的离别相思、秦观《减字木兰花》所写的愁肠断尽，都说出了各自的原因：《古诗十九首》里是因为离别的人"相去日已远"，结果才"衣带日已缓"；秦观是因为"天涯旧恨，独自凄凉人不问"，结果才断尽了回肠。晏殊却没有说，那么，他那一份怅惘怀思的情意，就果真是指现实的人与人的离别、怀念、相思吗？晏殊惟其不直说出来，所以才不受个别情事的拘限，才会使你想到整个人生该有多少值得相思怀念的美好的情事，该有多少美好的人、事、物值得交托、投注感情，这二句给人无限深远的想象与联想。

我们再接着看下一句的"天长不禁迢迢路"。这是一个长句，为上二句作结，与上片的前三句句式相同，两个对偶的双式紧接一个单句，严密而完整。"不禁"是不能阻拦。"天长"与"迢迢路"，是上面天长，下边路远，二者结合得很好，天长路远，这是没有什么办法阻拦的。"不禁"二字所表现的是对已消逝的远去的一切无法挽回的哀伤。紧接在"带缓罗衣"的思念与"香残蕙炷"的消磨之后，更增加了失落的无可奈何之感。然后在结尾的两句写出"垂杨只解惹春风，何曾系得行人住"，以疑问的口吻出之，问而不答，留下了无尽的情意。杨柳柔条随风摆动，婀娜多姿，在晏殊看来，这多情、缠绵的垂柳，不过是在那里牵惹春风罢了，千条万缕的杨柳柔条，虽然从早到晚不住地摆动，但它哪一根柔条能把那要走的人留住？哪一根柔条能把那消逝的美好的往事挽回？这里象征着对整个人生的无可奈何的深刻感受，其中寄托有极深远的一片怀思怅惘之情，是要仔细吟味，才能体会得出的。

可能会有人认为，晏殊这里无非是表现了一种伤春的情绪，欣赏起来，于现实并无怎样重大深远的意义。当然，我们这里欣赏晏殊的词，并非是要大家同去伤春落泪，而是在晏殊的伤春情绪中，实在是有一种对时光年华的流逝的深切的慨叹和惋惜存在，而且更在极幽微的情思的叙写中，流露出了很深挚又很高远的一份追寻向往的心意。这种情意，虽然表面看来也许只不过是伤春怀人之情而已，但是隐然间却可以使读者的心灵感情感受到一种提升，这种言外的引人感发联想的作用，正是词这种韵文所最值得注意的一种特质和成就。而五代时南唐的冯正中和北宋初年的大晏、欧阳，则是在这方面表现得最富于高远深厚之含蕴的几位作者。

说欧阳修词二首

玉楼春

樽前拟把归期说,欲语春容先惨咽。人生自是有情痴,此恨不关风与月。　离歌且莫翻新阕,一曲能教肠寸结。直须看尽洛城花,始共春风容易别。

以前我在《灵谿词说》中,对于欧阳修词已曾作过简单的介绍和评述,以为北宋初年的一些名臣,如范仲淹及晏殊、欧阳修等人,除德业文章以外,他们也都喜欢填写一些温柔旖旎的小词,而且在小词的锐感深情之中,更往往可以见到他们的某些心性品格甚至学养襟抱的流露。就欧阳修而言,则他在小词中所经常表现出来的意境,可以说乃是一方面既对人世间美好的事物常有着赏爱的深情,而另一方面则对人世间之苦难无常也常有着沉痛的悲慨。而我们现在所要评说的这一首《玉楼春》词，可以说就正是表现了其词中此种意境的一首代表作。

这首词开端的"樽前拟把归期说，欲语春容先惨咽"两句，表面看来固仅是对眼前情事的直接叙写，但在其遣辞造句的选择与结构之间，欧阳修却已于无意间显示出了他自己的一种独具的意境。首先就其所用之语汇而言，第一句的"樽前"，原该是何等欢乐的场合，第二句的"春容"又该是何等美丽的人物，而在"樽前"所要述说的却是指向离别的"归期"，于是"樽前"的欢乐与"春容"的美丽，乃一变而为伤心的"惨咽"了。在这种转变与对比之中，虽然仅只两句，我们却隐然已经能够体会出欧阳修词中所表现的对美好事物之爱赏与对人世无常之悲慨二重情绪相对比之中所形成的一种张力了。其次再就此两句叙写之口吻而言，欧阳修在"归期说"之前，所用的乃是"拟把"两个字，而在"春容""惨咽"之前，所用的则是"欲语"两个字。曰"拟"、曰"欲"，本来都是将然未然之辞；曰"说"、曰"语"，本来都是言语叙说之意。表面虽似乎是重复，然而其间却实在含有两个不同的层次，"拟把"仍只是心中之想，而"欲语"则已是张口欲言之际。两句连言，不仅不是重复，反而更可见出对于指向离别的"归期"，有多少不忍念及和不忍道出的婉转的深情。其间固有无穷曲折的吞吐的姿态和层次，而在欧阳修笔下，却又表现得如此真挚、如此自然、如此富于直接感发之力，所以即此两句，实在便已表现了欧词的一种特美。

至于下面两句"人生自是有情痴，此恨不关风与月"，则似乎是由前两句所写的眼前的情事，转入了一种理念上的反省和思考，而如此也就把对于眼前一件情事的感受，推广到了对于整个人世的认识。所谓"人生自是有情痴"者，古人有云："太上忘情，其下不及情，情之所钟，正在我辈。"所以况周颐在其《蕙风词话》中就曾说过："吾观风雨，吾览江山，常觉风雨江山之外，别有动吾心者在。"这正是人生之自有情痴，原不关于风月。李后主之《虞美人》词曾有"春花秋月何时了，往事知多少？小楼昨夜又东风，故国不堪回首月明中"之句，夫彼天边之明月与楼外之东风，固原属无情，何干人事？只不过就有情之人观之，则明月东风遂皆成为引人伤心断肠之媒介了。所以说"人生自是有情痴，此恨不关风与月"，此两句虽是理念上的思索和反省，但事实上却是透过了理念才更见出深情之难解，而此种情痴则又正与首两句所写的"樽前""欲语"的使人悲惨呜咽之离情暗相呼应。所以下半阕开端乃曰"离歌且莫翻新阕，一曲能教肠寸结"，再由理念中的情痴重新返回到上半阕的樽前话别的情事。"离歌"自当指樽前所演唱的离别的歌曲。古人演唱离歌常不仅只唱一首,而是一曲既终,再接唱另一曲,不断演唱下去的。唐代王昌龄在一首《从军行》中,就曾经写有"琵琶起舞换新声,总是关山离别情"之句,其所谓"换新声"也就正是"翻新阕"之意。而欧词此首《玉楼春》乃曰"且莫翻新阕",是劝止那些演唱离歌之人不要再接唱什么另一曲离歌了,因为仅只是一曲离歌,便已是可使人悲哀到难以忍受了,所以下句乃曰"一曲能教肠寸结"也。前句"且莫"二字的劝阻之辞写得如此叮咛恳切,正以反衬后句"肠寸结"的哀痛伤心。写情到此,本已对离别无常之悲慨陷入极深,而欧阳修却于末两句突然扬起,写出了"直须看尽洛城花,始共春风容易别"的遣玩的豪兴,这正是欧阳修词风格中的一个最大的特色,也是欧阳修性格中的一个最大的特色。

我以前在《灵谿词说》中论述冯延巳与晏殊及欧阳修三家词风之异同时,就曾指出过他们三家词虽有继承影响之关系,然而其词风则又在相似之中各有不同之特色,而形成其不同之风格特色的缘故,则主要在于三人性格方面的差异。冯词有热情的执著,晏词有明澈的观照,而欧词则表现为一种豪宕的意兴。欧阳修这一首《玉楼春》词,明明蕴涵有很深重的离别的哀伤与春归的惆怅,然而他却偏偏在结尾写出了"直须看尽洛城花,始共春风容易别"的豪宕的句子。在这两句中,其不仅要把"洛城花"完全"看尽",表现了一种遣玩的意兴,而且他所用的"直须"和"始共"等口吻也极为豪宕有力。然而"洛城花"却毕竟有"尽","春风"也毕竟要"别",因此在豪宕之中又实在隐含了沉重的悲慨。所以王国维在《人间词话》中论及欧词此数句时,乃谓其"于豪放之中有沉着之致,所以尤高"。其实"豪放之中有沉着之致"不仅道出了《玉楼春》这一首词这几句的好处,而且也恰好正说明了欧词风格中的一点主要的特色,那就是欧阳修在其赏爱之深情与沉重之悲慨两种情绪相摩荡之中,所产生出来的要想以遣玩之意兴挣脱沉痛之悲慨的一种既豪宕又沉着的力量。我以前在《灵谿词说》论述欧词时,曾经提到他的几首《采桑子》小词,也都指出过欧词的此一特色。不过比较而言,则这一首《玉楼春》词,可以说是此一特色最具代表性的作品。

采桑子

轻舟短棹西湖好,绿水逶迤。芳草长堤。隐隐笙歌处处随。 无风水面琉璃滑,不觉船移。微动涟漪。惊起沙禽掠岸飞。

这是欧阳修《六一词》开卷的第一首词。前十首自成一组，每一首的第一句都以"西湖好"三字为结尾。这十首词是欧阳修晚年退休后，定居于颍州西湖（在今日安徽省阜阳县境内）时的作品。原来欧阳修自从庆历年间出知滁州以后，曾相继徙知扬州及颍州，当时他非常喜爱颍州西湖的景色，表示退休后愿意到颍州来居住。其后二十年，他果然在六十五岁退休之后回到了颍州，可惜只住了一年他就死去了。《采桑子》词十首，就是他晚年回到颍州后所写的歌咏西湖景物的作品。现在所选录的是这一组词中的第一首词。

在正式解说这一首词以前，我想先对欧阳修之词风略作介绍。欧阳修在北宋词坛上与晏殊并称，都是南唐词风的继承者，尤其曾经受到冯延巳词的很深的影响。《采桑子》词有一个共同的特色，就是特别富于一种兴发感动的力量，往往可以使读者在其表面所写的景物情事以外，更感受到一种心灵或情感的境界。其所以然者，盖由于词之为体，原具有一种要眇宜修的特质。有一些心性之禀赋在某一点上与词之特质相接近的人物，虽然在学问事功方面也另有成就，然而却在游戏笔墨的小词之写作中，无意间流露出了自己心灵感情中的一种更为深隐之本质。以欧阳修而言，我们就往往可以自其风月多情的作品中，体会出他在心性之中所具有的对人世间美好之事物赏爱的深情，以及他在经历之中所体验的对苦难挫伤的悲慨。而尤可注意的则是他经常所表现出的想要藉着对风月之赏玩来排遣他的对挫伤之悲慨的一份努力。就以这一组《采桑子》词来说，也同样具有我们以上所述及的这些特色。只不过因为我们现在所选录的，只是这一组词中的一首，尚不足以窥其全貌，因此我们在解说这一首词之前，就还要先对这整体的一组词加以说明。

在中国的古典诗歌中，一向不乏成组的作品。如果依其组成的次第而言，则大约可以分为以下数类：其一是全组中各诗之先后皆有一定之次第，绝不可任意加以更动和删节的，如杜甫之《秋兴》八首，可以为此类之代表；其二是仅有开端及结尾二诗之次第不可移易，而中间各诗则并无严格之次第者，陶渊明之《饮酒》二十首，可以为此类之代表；其三是唯有开端一首不可移易，而其他各诗则并无严格之次第者，阮籍之《咏怀》八十二首，可以为此类之代表；至于欧阳修这一组《采桑子》词，则是唯有最后一首不可移易，而其他各首则可随意加以删节选录，而并无严格之次第。现在我们对其他诗不暇详论，兹仅就欧阳修这一组《采桑子》来看。其最后一首："平生为爱西湖好，来拥朱轮。富贵浮云。俯仰流年二十春。归来恰似辽东鹤,城郭人民。触目皆新。谁识当年旧主人。"其中所表现的原来是一份俯仰流年、阅尽沧桑的深慨。我们只要结合欧阳修的生平来看,就可以体会到他仕途的升沉变化,从庆历论政到濮议之争,中间多次遭到人们的诽言毁谤,他的感慨必然是很深的。这也是他晚年何以多次请求辞官告老的主要原因,而现在他终于回到了他一向所喜爱的颍州的西湖,则他在感慨之余,也确实有一种夙愿得偿的欣喜。陶渊明在《时运》一诗写游春的心情,曾有"欣慨交心"之言,我想这也就正是欧阳修晚年在颍州西湖游赏时的心情。因此我认为这一组《采桑子》词的末一首所表现的俯仰流年、阅尽沧桑的深慨,原来就仿佛是一幅图画的底色,实在应该是我们想要欣赏欧阳修的《采桑子》词以前,所应该首先具备的一点体认。

我们在前面已曾说过这一组词除最后一首外,其他各首分写颍州西湖之各种景物情事者,其先后原不必有严格之次第。然而这第一首词的第一句"轻舟短棹西湖好"七个字所表现的口吻,却实在极可注意。从表面看来,这一句所写的当然仅不过是颍州西湖之诸多的游湖乐事之中的一种而已,然而其"轻舟短棹"四个字所表现的轻松愉悦,却恰好传达了欧阳修退官归隐摆脱了一切荣辱羁牵后的一种轻快的心情,放在第一首的开端,正是他回归颍州后乍喜获得解脱的口吻。所以下面就紧承以"西湖好"三个字,语言虽简,而情意甚足。只一个"好"字,不必细写,而无一不好矣。而且这首句结尾的"西湖好"三个字,更一气贯注了这一组全部十首《采桑子》词。其对西湖喜爱之深情,游赏之豪兴,千载以下读之,仍使人感动不已。

欧阳修喜欢写成组的词,除去这一组《采桑子》以外,他还写有《渔家傲》的组词,以十二首分咏一年十二个月的节物。又写有《定风波》的组词,以六首词重叠往复地写惜春之情,而前四首各以"把酒花前"为首句之开端,也同样充满了赏爱之深情与遣玩之豪兴。而且这种成组的歌词,在唐宋之时,原是民间俗曲的一种定格联章的常用的形式。欧阳修写这些组词,都不仅是只供诵读的案头文学而已,而是真正可以配合弦管付之吟唱的歌词。所以在这一组《采桑子》词的前面,欧阳修还写有一节题为"西湖念语"的骈文,既像是词前的一篇序,又像是歌唱的一段开场白,也写得极有情致。如果能够结合起来看,我们便会对欧阳修的这一组词有更深的了解和体会。只可惜本文为字数所限,只好请读者自己去参看了。

总之,在欧阳修的心目中,颍州西湖之景物固无一而不好,这一首词所写的主要是水上行舟的乐趣。在首句"轻舟短

说欧阳修词二首 / **049**

棹西湖好"之下,接写"绿水逶迤。芳草长堤",正是行舟时之所见,湖中是逶迤无尽的绿水,岸上是芳草无尽的长堤,虽然仅是短短的两个四字句,但欧阳修写得真是浩渺芊绵,有无穷的气象。而又继之以"隐隐笙歌处处随",则是描写耳中所闻的乐歌的声音之欢乐和美好。在这一句的七个字中,欧阳修都连用了两个叠字,既曰"隐隐"又曰"处处",都用得极为传神。"隐隐"者,是写远处随风飘来的乐歌之声,欧阳修在这组词的第二首中,曾经写有"水阔风高飏管弦"之句,正可以作此句"隐隐笙歌"的注脚。至于"处处随"者,则是把笙歌与行舟结合起来加以叙写,是无论行舟至于何处,皆可闻笙歌飘送之处处相随也。而写行舟之无论何处者,则又有第二首中之"兰桡画舸悠悠去"之句,可以作为注脚。于是行舟处处之乐遂与笙歌之隐隐相随共同形成一种旷远悠扬的自得之致矣。

下半阕是在行舟之际,对于水面舟行之感受的更为真切的描述。"无风水面琉璃滑"七个字,写平静无风的水面恍如一片碧色的琉璃,舟行其上,其平滑之感,仿佛全不觉船之移动。此二句看似寻常,却写出了一种极真切也极细致的感受。然而船行岂有不动之理,船之移动又岂有不荡起水面波纹之事,故继之乃曰"微动涟漪"。有此一句,与前一句之"不觉船移"相映衬,然后知"不觉"者乃是诗人心中之感受,"微动"者则是诗人眼中之景象,相映相承,心眼俱到,是看来极平易而却极微妙自然的两句好词。最后结以"惊起沙禽掠岸飞"一句,乃使得前数句所表现的闲静之情调中,忽然生出了一种飞扬的意致。而这一句一方面既紧承上一句之"微动涟漪",是水波之微动乃引起水鸟之惊飞;一方面又遥遥与上半阕所写之"轻舟短棹"之轻松飞扬的意趣相呼应。而且"掠岸飞"三个字,也可以又使人回想起上半阕的"芳草长堤"。

这是一首写得全不着力,却极为自然地传达出了作者对大自然之景物赏爱的深情和既闲静又飞扬之意兴的一首小词。但如果只欣赏其闲静而飞扬的意兴却又仍嫌未足,我们更当追寻的,是要透过这一组《采桑子》十首词的全体,经由作者之俯仰流年、阅尽沧桑的深慨的底色,而体会出作者所表现的既闲静又飞扬的意兴之中,所具含的一种窈眇的心性和修养。关于这种深意,本文不暇详说,在拙著《迦陵论词丛稿》(上海古籍出版社出版)的《后叙》中,曾有较详细的论述,还有在《灵谿词说》的《论欧阳修词》一节(见《四川大学学报》1983年第1期),也曾对欧词有较详细的论述,读者可以参看。

说柳永词一首

少年游

长安古道马迟迟,高柳乱蝉嘶。夕阳鸟外,秋风原上,目断四天垂。　　归云一去无踪迹,何处是前期?狎兴生疏,酒徒萧索,不似少年时。

一般人论及柳永词者,往往多着重于他在长调慢词方面的拓展,其实他在小令方面的成就,也是极可注意的。我以前在《论柳永词》(见《四川大学学报》1984年第2期)一文中,曾经谈到柳词在意境方面的拓展,以为唐五代小令中所叙写的"大都只不过是闺阁园亭伤离怨别的,一种'春女善怀'的情意",而柳词中一些"自抒情意的佳作"则写出了"一种'秋士易感'的哀伤"。这种特色,在他的一些长调的佳作，如《八声甘州》《曲玉管》《雪梅香》诸词中，都曾经有很明白的表现。不过那些词都是长调慢词，其形式与唐五代之小令既有着明显的不同，如此则其在意境方面之有所拓展，便自然也是一种极自然的现象。然而柳词之拓展，却实在不仅限于其长调慢词而已，就是他的短小的令词，在内容意境方面也同样有一些可注意的开拓。如这一首《少年游》小词，就是柳永将其"秋士易感"的失志之悲，写入了令词的一篇代表作。

柳永之所以往往有一种"失志"的悲哀，如我在《论柳永词》一文之所分析，盖由于其一方面既因家世之影响，而曾经怀有用世之志意，而一方面则又因天性之禀赋而爱好浪漫的生活。当他早年落第之时，虽然还可以藉着"浅斟低唱"来加以排遣，但当他年华老去之后，则对于冶游之事既已失去了当年的意兴，于是遂在志意的落空之后，又增加了一种感情也失去了寄托之所的悲慨。而最能传达出他的双重的悲慨的，便是这首《少年游》小词。

这首小词所写的是秋天的景色，在情调与声音方面都很有特色。在这首小词中，柳永既失去了那一份高远飞扬的意兴，也消逝了那一份迷恋眷念的感情，全词所弥漫的只是一片低沉萧瑟的色调和声音。从这种表现来判断，我以为这首词很可能是柳永的晚期之作，开端的"长安"可以有写实与托喻两种含义。先就写实言，则柳永确曾到过陕西的长安，他曾写有另一首《少年游》词，有"参差烟树灞陵桥"之句，足可为证。再就托喻言，则"长安"原为中国历史上著名之古都，前代诗人往往以"长安"借指为首都所在之地，而长安道上来往的车马，便也往往被借指为对于名利禄位的争逐。不过柳永此词在"马"字之下，所承接的却是"迟迟"两字，这便与前面的"长安古道"所可能引起的争逐的联想，形成一种强烈的反衬。至于在"道"字上着以一"古"字，则又可以使人联想及在此长安道上的车马之奔驰，原是自古而然，因而遂又可产生无限沧桑之感。而在此"长安古道"上诗人之"马"乃"迟迟"其行者，则既表现了诗人对争逐之事已经灰心淡薄，也表现了一种对今古沧桑的若有深慨的思致。下面的"高柳乱蝉嘶"一句，有的本子或作"乱蝉栖"，但蝉之为体甚小，蝉之栖树绝不同于鸦之栖树之明显可见，而蝉之特色则在于善于嘶鸣，故私意以为当作"乱蝉嘶"为是。而且秋蝉之嘶鸣更独具有一种凄凉之致。《古诗十九首》云"秋蝉鸣树间"，曹植《赠白马王彪》云"寒蝉鸣我侧"，便都表现有一种时节变易萧瑟惊秋的哀感。柳永则更在"蝉嘶"之上，还加了一个"乱"字，如此便不仅表现了蝉声的缭乱众多，也表现了由蝉嘶而引起哀感的诗人之心情的缭乱纷纭。至于"高柳"二字，则一则表现了蝉嘶所在之地，再则又以"高"字表现了"柳"之零落萧疏，是其低垂的浓枝密叶已经凋零，所以乃弥见树之"高"也。下面的"夕阳鸟外，秋风原上，目断四天垂"三句，写诗人在秋日郊野所见之萧瑟凄凉的景象，"夕阳鸟外"一句，也有的本子作"岛外"，私意以为非是。盖长安道上安得有"岛"乎？至于作"鸟外"，则足可以表现郊原之寥廓无垠。昔杜牧有诗云"长空澹澹孤鸟没"，飞鸟之隐没在长空之外，而夕阳之隐没则更在飞鸟之外，故曰"夕阳鸟外"也。值此日暮之时，郊原上寒风四起，故又曰"秋风原上"，此景此情，读之如在目前。然则在此情景之中，此一失志落拓之诗人，又将何所归往乎？故继之乃曰"目断四天垂"，则天之苍苍，野之茫茫，诗人乃双目望断而终无一可供投止之所矣。以上前半阕是诗人自写其今日之飘零落拓，望断念绝，全自外界之景象着笔，而感慨极深。

下半阕，开始写对于过去的追思，则一切希望与欢乐也已经不可复得。首先，"归云一去无踪迹"一句，便已经是对一切消逝不可复返之事物的一重象喻。盖天下之事物其变化无常一逝不返者，实以"云"之形象最为明显。故陶渊明《咏贫士》第一首便曾以"云"为象喻，而有"暧暧空中灭，何时见余晖"之言，白居易《花非花》词，亦有"去似朝云无觅处"之语，而柳永此句"归云一去无踪迹"七字，所表现的长逝不返的形象，也有同样的效果。不过其所托喻的主旨则各有不同。关于陶渊明与白居易的喻托，此处不暇详论，至于柳词此句之喻托，则其口气实与下句之"何处是前期"直接贯注。所谓"前期"者，我以为可以有两种提示：一则可以指旧日之志意心期，一则可以指旧日的欢爱约期。总之"期"字乃是一种愿望和期待，对于柳永而言，他可以说正是一个在两种期待和愿望上，都已经同样落空了的不幸的人物。于是下面三句乃直写自己今日的寂寥落寞，曰"狎兴生疏，酒徒萧索，不似少年时"。早年失意之时的"幸有意中人，堪寻访"的狎玩之意兴，既已经冷落荒疏，而当日与他在一起歌酒流连的"狂朋怪侣"也都已老大凋零。志意无成，年华一往，于是便只剩下了"不似少年时"的悲哀和叹息。这一句的"少年时"三字，很多本子都作"去年时"。本来"去年时"三字也未尝不好，盖人当老去之时，其意兴与健康之衰损，往往会不免有一年不及一年之感。故此句如作"去年时"，其悲慨亦复极深。不过，如果就此词前面之"归云一去无踪迹，何处是前期"诸句来看，则其所追怀眷念的，似乎原当是多年以前的往事，如此则承以"不似少年时"，便似乎更为气脉贯注，也更富于伤今感昔的慨叹。

柳永这首《少年游》词,前半阕全从景象写起,而悲慨尽在言外,后半阕则以"归云"为喻象,写一切期望之落空,最后三句以悲叹自己之落拓无成作结。全词情景相生,虚实互应,是一首极能表现柳永一生之悲剧而艺术造诣又极高的好词。

总之,柳永以一个禀赋有浪漫之天性及谱写俗曲之才能的青年人,而生活于当日之士族的家庭环境及社会传统中,本来就已经注定了是一个充满矛盾不被接纳的悲剧人物,而他自己由后天所养成的用世之意,与他自己先天所禀赋的浪漫的性格和才能,也彼此互相冲突。他在早年时,虽然还可以将失意之悲,借歌酒风流以自遣,但是歌酒风流却毕竟只是一种麻醉,而并非可以长久依恃之物。于是年龄老大之后,遂终于落得了志意与感情全部落空的下场,昔叶梦得之《避暑录话》(卷下)记柳永以谱写歌词而终生不遇之故事,曾慨然论之曰:"永亦善他文辞,而偶先以是得名,始悔为己累……而终不能救。择术不可不慎。"柳永的悲剧是值得我们同情,也值得我们反省的。

说苏轼词一首

八声甘州　寄参寥子

　　有情风万里卷潮来，无情送潮归。问钱塘江上，西兴浦口，几度斜晖。不用思量今古，俯仰昔人非。谁似东坡老，白首忘机。　　记取西湖西畔，正春山好处，空翠烟霏。算诗人相得，如我与君稀。约他年、东还海道，愿谢公、雅志莫相违。西州路、不应回首，为我沾衣。

　　要想欣赏苏轼的这一首《八声甘州》，首先我们便要对苏轼当年写作此词之时代背景及心情，略有一点认识。据胡仔《苕溪渔隐丛话·后集》（卷三十九《长短句》）所载，谓："东坡别参寥长短句'有情风万里卷潮来'云云，其词石刻后，东坡自题云'元祐六年三月六日'。余以东坡年谱参之,元祐四年知杭州,六年召为翰林学士承旨,则长短句盖此时作也。"苏轼一生仕途偃蹇,历经迁贬,他先后曾有两次出官于杭州。第一次是在神宗熙宁四年(1071)。当时神宗正在信用王安石,变行新法。苏轼与王安石政见不合,屡次上书言事,为新党所忌,遂于熙宁四年六月以太常博士直史馆外出通判杭州。当时苏轼只有三十六岁。第二次则是在哲宗元祐四年(1089),当时哲宗已经即位数年,太皇太后用事,起用旧党之人,苏轼也早于旧党用事时被召还朝,而又因其论事忠直,与旧党亦不能尽合,复加以当时朝廷之内更有洛党、蜀党、朔党之争,遂于元祐四年复以龙图阁学士出知杭州,当时苏轼已有五十四岁。两年后苏轼又以翰林学士承旨,被召还朝,这首词就是他在元祐六年被召还朝时之所作。至于这首词标题所提到的"参寥子",则是苏氏平生交谊甚深的一位方外友人。据查慎行《苏诗补注》(卷十六),于《次韵僧潜见寄》一诗下,曾引《咸淳临安志》云:"道潜,于潜浮溪村人,字参寥。"又补录引《施注苏诗》有关参寥事迹:"东坡守吴兴,会于松江。既谪居,不远二千里相从于齐安,留期年,遇移汝海,同游庐山。有次韵留别诗。坡守钱塘,卜智果精舍居之。入院分韵赋诗,又作《参寥泉铭》。南迁,遂欲转海访之。以书力戒勿萌此意,自揣余生，必须相见。常路亦捃其诗语，谓有刺议，得罪，反初服。建中靖国初，曾子开言其非罪，召复剃发。"从这些记述来看，则苏轼与参寥交谊之深可以概见。以上可以说是我们对于苏轼这一首《八声甘州》词之写作的时间与写作之对象的简单之介绍。

至于苏轼之性格与其词之风格，则我以前在《论苏轼词》一文中，也曾作过相当的论述（见《中国社会科学》1985年第2期）。盖苏轼天性中原具有儒家用世之志意与道家超旷之精神两种不同之特质。前者可以说是他欲有所作为时用以立身之正途，后者则是当他不能有所作为时用以自慰之妙理。而苏氏之致力于小词之写作，则正是当他用世之志意受到挫折，第一次出官杭州通判后才开始的。所以苏词之终于发展成为一种以超旷为主之风格，可以说就正是他平生仕途受到挫折后，因之在欲以旷达自慰之情况下，所形成的自然之结果。胡寅在其《酒边词序》中，即曾谓"眉山苏氏，一洗绮罗香泽之态，摆脱绸缪婉转之度，使人登高望远，举首高歌，而逸怀浩气，超然乎尘垢之外"。这正是一般人之所共见的苏轼词之一般的风格，不过我们也不可忘记，苏轼之禀赋中原来也还有一种用世之志意。所以在苏词中，虽以超旷为其主调，然而却时时也隐现一种志意未成的挫伤的悲慨。陈廷焯《白雨斋词话》（卷一)即曾谓词至东坡"寄慨无端,别有天地"。近人夏敬观更曾将苏轼词分为两类,谓:"东坡词如春花散空,不着迹象,使柳枝歌之,正如天风海涛之曲,中多幽咽怨断之音,此其上乘也;若夫激昂排宕,不可一世之慨,陈无己所谓'如教坊雷大使之舞,虽极天下之工,要非本色者'乃其第二乘也。"而我们现在所要讨论的这首《八声甘州》,则可以说正是苏词中"天风海涛之曲,中多幽咽怨断之音"的一首代表作。

此词开端之"有情风万里卷潮来,无情送潮归"二句,写万里之风涛,气象开阔,笔力矫健,盖真有所谓"登高望远、举首高歌"之慨。初观之固极为超举,然而仔细吟味,则在其"有情"与"无情",及"潮来"与"潮归"之间,却实在也隐含有无限感慨苍凉之意。表面虽然似乎是只写风潮之来去,而却在暗中隐寓了许多人世间之盛衰离合的无常之悲慨。而苏氏一生之两度出仕杭州之政海波澜之变化,亦复尽在言外。故其下乃继以"问钱塘江上,西兴浦口,几度斜晖"。所谓"几度斜晖"者,实在已将苏氏初次通判杭州,及再次出知杭州,迄今又复将离去的数十年之沧桑往事,尽皆纳入其中矣。而以上数句却全从大自然之"风""潮""江""浦"及"斜晖"之种种外在物象着笔，未及人事之一字。直至下面的"不用思量今古，俯仰昔人非"二句，才点出人事之感慨。是真所谓在"天风海涛之曲"中，表现有"幽咽怨断之音"者也。但苏轼却在此二句人事感慨之后，当下就承以"谁似东坡老，白首忘机"二句，立即飞扬超越而出。这实在是苏词中最为独到的一种境界。

以上是此词之前半阕。至于下半阕换头之"记取西湖西畔，正春山好处，空翠烟霏"三句，则另换一种笔法，写记忆中难忘之西湖美景，意致清丽舒徐，真有"春花散空"之态。而事实上则此数句又不仅是写西湖景色之美而已，还更伴随有在如此美景中，苏氏与其方外好友参寥子之同游共处的种种情事。故继之乃云"算诗人相得，如我与君稀"。据我们在前面所引的《施注苏诗》之记述，我们知道自从苏氏与参寥相识以后，每当苏氏被迁贬之际，参寥都往往辗转相从，而当苏氏知杭州之时，更曾"卜智果精舍居之"，则其相知相得之情，自可想见。而且参寥也是一位诗人，现在苏氏诗集中还留存有不少与参寥相赠的诗篇，何况更加以当日"春山好处，空翠烟霏"之西湖美景的陪衬，是则这一份"诗人相得"之情，固真当为千古所稀，至今日读之，犹使人艳羡不已。而在写了如此美好的景物情谊之后，其下苏氏遂写入了今日之别情与他日之期望，曰："约他年、东还海道，愿谢公、雅志莫相违。"在这二句中苏轼用了一个有关东晋谢安的典故,据《晋书·谢安传》所载,谓谢安功业既盛,颇为权臣所嫉,"及镇新城,尽室而行。造泛海之装,欲须经略粗定,自海道还东。雅志未就,遂遇疾笃"。苏氏用谢安之故事,正在表现他今日虽被召还朝,然必不忘归隐之志,他日亦将东还,与参寥重会于杭州,此固为当年谢安之"雅志",亦即今日苏轼之"雅志"也,而曰"愿谢公、雅志莫相违",以一个"愿"字的期望,与下面"莫相违"三个字相结合,则又于期望之中表现了无限忧恐之意。盖一则对入朝之召固不免有忧谗畏讥之心,再则对年命无常亦不免有死生离别之慨。所以下面乃写出了"西州路、不应回首,为我沾衣"数句的结尾。其中又用了一则与谢安有关的故事,盖据《晋书》所载,谢安出镇新城后不久,"遂遇疾笃",其后"诏遣侍中慰劳,遂还都","舆入西州门",未几即病殁。是其"东还"之志意,乃终于未能成就。谢安有甥,名羊昙,素为安所爱重,谢安既殁,羊昙行不由西州路。一日因饮醉,不觉遂至州门,左右告之,羊昙遂恸哭而去。这自然是一件极可悲慨的故事。苏轼用之,虽然取了否定的语气,说"不应回首,为我沾衣",欲以自慰慰人,然而究其实,则岂不是因为苏氏心中也正有如此的一份死生离别之悲的忧恐?综观此词,则一起之开阔健举,确如天风海涛之曲,而前片结尾之"白首忘机"也大有超旷之怀。然而中间几度转折,既有古今盛衰之慨,又有死生离别之悲,更虑及入朝从政之堪危,知交乐事之难再,百感交集,并入笔端。所谓"中有幽咽怨断之音"者,此词足可为其代表作矣。

说秦观词二首

画堂春

落红铺径水平池,弄晴小雨霏霏。杏园憔悴杜鹃啼,无奈春归。　　柳外画楼独上,凭栏手捻花枝。放花无语对斜晖,此恨谁知。

秦观是北宋词坛上一位重要的作者,这一则自然是因为他的词特别具有一种婉约纤柔的特点,再则也因为这种特点,与词之性质有特别相近之处。因此当词之发展,已经在苏轼手中达到了诗化之高峰以后,秦观词的成就,就更有了一种对词之本质重新加以认定的意义。而其后较秦观时代较晚的一些作者,如贺铸、周邦彦诸人,其作风乃多近于秦,而并不近于苏,所以陈廷焯《白雨斋词话》(卷一)乃谓:"秦少游自是作手,近开美成,导其先路。"然则秦观的词在宋词发展中的重要性,也就由此可以概见一斑了。而更可注意的则是秦观词中所表现的婉约纤柔之特点,乃全出于其心灵中一份敏锐善感之天性的资质,所以虽然是对词之本质的回归,然而与以前五代的《花间集》和北宋初年的晏殊、欧阳修诸人的词风,则又各有不同。《花间集》中的作品大都为歌筵酒席之艳歌,其纤柔婉丽之品质,乃是与现实之女性结合有密切之关系者,而并不必为作者个人心性品质之流露,这是秦观词之所以与《花间集》中一些纤柔婉丽之作,表面上作风虽然看似相近,而实际上却有所不同的缘故。至于晏、欧的一些小词,则又因为他们在学问事功方面各有过人的成就,因此在他们的小词中,也就隐然结合了个人的怀抱修养,而如此也就并不仅是其心性本质单纯自然之流露了,这是秦观词之所以与晏、欧的某些纤柔婉丽的小词虽看似相近,而实际上却也有所不同的缘故(关于这些词人在风格方面的细致的差别可参看我以前在《四川大学学报》所发表的《灵谿词说》论各家词之文稿)。所以,刘熙载在其《艺概·词曲概》中乃云:"秦少游词得《花间》《尊前》遗韵,却能自出清新。"冯煦在其《宋六十一名家词例言》中,亦云:"他人之词,词才也;少游,词心也,得之于内,不可以传。"这些评语都不失为对秦观词的体会有得之言，现在我们就将以这一首《画堂春》词为例证，来对秦观词的此种出于心生之本质的婉约纤柔之特点，一加赏析。

这首词是一首伤春之词，这自是一望可知的。而伤春原是自唐五代以来，词人所经常叙写的一个主题。即以《花间集》而言，如温庭筠《菩萨蛮》词的"杨柳又如丝，驿桥春雨时"，韦庄《谒金门》词的"满院落花春寂寂，断肠芳草碧"，便都是写伤春之情的小词。还有晏殊《浣溪沙》词的"满目山河空念远，落花风雨更伤春"，欧阳修《玉楼春》词的"直须看尽洛城花，始共春风容易别"，便也都是写伤春之情的小词。但温、韦所写的乃是以男女之相思离别为主的伤春之情；而晏、欧所写的则一则表现了圆融的观照，一则表现了豪宕的意兴，都隐然有个人的襟抱修养流露于其间（参看《四川大学学报》所刊拙著《灵谿词说》中论各家词之文稿）；可是秦观这一首小词所写的，却只是由于春归之景色所引起的一片单纯锐感的柔情。开端的"落红铺径水平池，弄晴小雨霏霏。杏园憔悴杜鹃啼"三句，全从眼中耳中所见所闻之春归的景物写起，而且全不用重笔，写"落红"只是"铺径"，写"水"只是"平池"，写"小雨"只是"霏霏"，第三句写"杏园"虽用了"憔悴"二字，明写出春光之迟暮，然而却也并不是落花狼藉风雨摧残的重笔，而是在"憔悴"中也仍然有着含敛的意致。所以下一句虽明写出"春归"二字,但也只是一种"无奈"之情,而并没有断肠长恨的呼号。这种纤柔婉丽的风格,正是秦观词的一种特点。

至于此词之下半阕,则由写景而转为写人,换头之处"柳外画楼独上,凭栏手捻花枝"两句,情致更是柔婉动人。试想"柳外画楼"是何等精致美丽的所在,"独上""凭栏"而更"手捻花枝",又是何等幽微深婉的情意。如果就一般花间词风的作者而言,则"柳外画楼独上"的精微美丽的句子,他们或许也还写得出来,但"凭栏手捻花枝"的幽微深婉的情意,就不是一般作者所能够写得出来的了。而秦观词的佳处还不仅只如此而已,他的更为难能之处,是在他紧接着又写了下一句的"放花无语对斜晖",这才真是一句神来之笔。因为一般人写到对花的爱赏都只不过是"看花""插花""折花""簪花",甚至即使写到"葬花",也都是把对花的爱赏之情,变成了带有某种目的性的一种理性之处理了。可是秦观这首词所写的从"手捻花枝"到"放花无语",却是如此自然,如此无意,如此不自觉,更如此不自禁,而全出于内心中一种敏锐深微的感动。当其"捻"起花枝时,是何等爱花的深情,当其"放"下花枝时,又是何等惜花的无奈。在这种对花之多情深惜的情意之比较下,我们就可以见到一般人所常常吟咏的"花开堪折直须折"的情意，是何等庸俗而且鲁莽灭裂了。所以"放花"之下，乃继之以"无语"，便正因为此种深微细致的由爱花惜花而引起的内心中的一种幽微的感动，原不是粗糙的语言所能够表达的。而又继之以"对斜晖"三个字，便更增加了一种伤春无奈之情。何则？盖此词前半阕既已经写了"落红铺径"与"无奈春归"的句子，是花既将残，春亦将尽，而今面对"斜晖"，则一日又复将终。以前欧阳修曾经写过一组调寄《定风波》的送春之词，其中有一首的开端两句，写的就是："过尽韶华不可添，小楼红日下层檐。"其所表现的一种春去难留的悲感，是极为深切的。秦观此句之"放花无语对斜晖"，也有极深切的伤春之悲感，但却并未使用如欧阳修所用之"过尽"、"不可添"、"下层檐"等沉重的口吻，而只是极为含蓄地写了一个"放花无语"的轻微的动作和"对斜晖"的凝立的姿态，但却隐然有一缕极深幽的哀感袭人而来。所以继之以"此恨谁知"，才会使读者感到其心中之果然有一种难以言说的幽微之深恨。周济在其《宋四家词选·序论》中，即曾云："少游最和婉醇正。"又云："少游意在含蓄，如花初胎，故少重笔。"像《浣溪沙》（漠漠轻寒上小楼）及《画堂春》这两首词，便都可以作为这些评语的印证。也许有人会以为像这些锐感多情的小词，并没有什么深远的意境可言，然而这种晶莹敏锐的善于感发的资质，却实在是一切美与善德的根源。关于此意我在《迦陵论词丛稿》的《后叙》中已曾有所论述，就不拟在此重述了。

踏莎行

雾失楼台，月迷津渡，桃源望断无寻处。可堪孤馆闭春寒，杜鹃声里斜阳暮。　　驿寄梅花，鱼传尺素，砌成此恨无重数。郴江幸自绕郴山，为谁流下潇湘去。

在北宋的词人中，秦观原是以独具善感之"词心"著称的一位作者，冯煦在其《宋六十一名家词例言》中即曾云："他人之词，词才也；少游，词心也，得之于内，不可以传。"所以在他的词中，往往能写出一种极为纤细幽微的感受，即如其《浣溪沙》（漠漠轻寒上小楼）一首及《画堂春》（落红铺径水平池）一首，便都是极能代表此种锐感之词心的著名的好词。而当他在仕途上遇到挫伤，因新旧党争而被贬逐之后，他也就以其极锐感的词心，体受到了极深重的悲苦。因此在他晚期的词作中，遂由早期的纤柔婉约转入了一种哀苦凄厉的境界。这一首《踏莎行》词,就是他晚年由处州又被贬到郴州以后所写的,最能表现他此种哀苦凄厉之心情的一篇代表作品。

本来秦观既是以独具锐感之词心为其特色,所以他一向的长处原在于能对景物及情思,作出最精确的捕捉和描述,而且更善于将外在之景与内在之情,作出一种微妙的结合。即如其《浣溪沙》(漠漠轻寒)一首,其中的"自在飞花轻似梦,无边丝雨细如愁"两句,表面原只是写"飞花""丝雨"的外在景物,然而其"似梦""如愁"的描述形容,却传达出一种极微妙的情思;再如其《画堂春》(落红铺径)一首,其中的"凭栏手捻花枝"及"放花无语对斜晖"诸句,他所要传达的原是伤春的情意,而他所写的却只是外在的形象与动作;其他如秦观的一些名词之警句,像他的《减字木兰花》(天涯旧恨)一首,其中的"欲见回肠,断尽金炉小篆香"两句,是把极抽象的断肠之情,作了极具体的形象化的喻写;而他的《满庭芳》(山抹微云)一首,其中的"多少蓬莱旧事,空回首、烟霭纷纷。斜阳外,寒鸦数点,流水绕孤村",则是将无限怀思感旧之情,都融入了外在的烟霭、斜阳、寒鸦、流水的景色之中了;至于他的《八六子》(倚危亭)一首,其中的"夜月一帘幽梦,春风十里柔情"两句,次句虽然用的是杜牧之诗意,但放在此一联中,却因为与前面的"夜月一帘"

相映衬且相对偶，于是"春风十里"便也成了一个鲜明的形象，而继之以"幽梦""柔情"，遂使得抽象之情思，都加上了具象的形容。凡此种种例证，当然都足以说明，秦观在将抽象之情思与具象之景物作互相生发、互相融会或是互相拟比之叙写时，确实有他的极为出色的成就。

但我以为这一首《踏莎行》词之开端的"雾失楼台，月迷津渡，桃源望断无寻处"三句，与其结尾的"郴江幸自绕郴山，为谁流下潇湘去"二句，则较之前述诸例证对形象与情意之叙写安排，尤有值得注意之处。何则？先就"雾失楼台"三句而言，则举诸例证中所写之景物，乃大都为现实中实有之景物，而"雾失楼台"三句所写者，则是现实中并不实有之景物，此其可注意者一；再就"郴江幸自绕郴山"二句而言，则前举诸例证之景物所映衬或拟比者，尚不过为人间一般共有之情思，而"郴江"二句，却是藉景物对宇宙提出了一个无理的究诘，大有《楚辞·天问》之意，此其可注意者二。

现在我们先谈"雾失楼台"三句，我之所以认为其所写之景物并非实有者，盖以在此三句之下，作者原来还明明写有"可堪孤馆闭春寒，杜鹃声里斜阳暮"的描述。而这两句所写的独自闭居在客馆春寒之中的人物，和耳中所闻的杜鹃的不如归去的哀啼之音，与眼中所见的斜阳西下的暮色渐深之景，这才是现实中果然实有的情境。至于"雾失楼台"三句，则不过是诗人内心中的深悲极苦，所化成的一片幻景的象喻。首句的"楼台"，令人联想到的是一种崇高远大的形象，而加上了"雾失"二字，则是这种崇高远大之境界，已经被茫茫的重雾所完全掩没无存；次句的"津渡"，令人联想到的是可以指引和济渡的出路，而加之以"月迷"二字，则是此一可以予人指引和济渡的出路，也已经在朦朦的月色中完全迷失而不可得见；三句的"桃源"，令人联想到的是陶渊明在《桃花源记》中所描述的"黄发垂髫，并怡然自乐"的一片乐土，而继之以"望断无寻处"，则是此一乐土之根本并不存在于人间。由此看来，可见此三句之所叙写者表面虽也是具象之景物，然而却并不同于前举诸例中的现实中之景物，而是进入了一种含有丰富象征意义的幻想中之境界了。这在小词的发展演进中，实在是一件极值得注意的开拓和成就。至于秦观之所以能写出此类作品，最重要的原因，自然是由于其锐敏之心性与悲苦之遭遇的相互结合，于是遂以其锐感深思中之悲苦，凝聚成了如此深刻真切的饱含象征意味的形象。至于触引他产生此种象喻之想的，则我以为其主要之关键，实当在第三句的"桃源"二字。盖因当时秦观正贬居在郴州，在湖南境内，而世传桃花源在武陵，亦在湖南境内。正是这种巧合，引起了这一位锐感之词人的丰富的想象，为我们留下了这一首在词境中特具开创意味的小词，这种成就，实在是极可注意的。而当我们对此三句词所象征的绝望悲苦之情有所了解以后，我们便可以明白作者在此三句象征之语，和下二句之"孤馆闭春寒"及"杜鹃声里斜阳暮"的写实之语中间，所加入的"可堪"二字的作用了。盖"可堪"者，原为"岂可堪"，也就是"不堪"之意。正因为先有了前三句对绝望悲苦之心情的象征的叙写，"高楼"之希望既"失"，"津渡"之引济亦"迷"，"桃源"在人世之根本"无寻"，然后对身外之"孤馆""春寒"，"鹃"啼春去、"斜阳"日"暮"之情境，乃弥觉其不可堪也。

至于下半阕过片之"驿寄梅花，鱼传尺素，砌成此恨无重数"三句，则是极写远谪之恨。据秦观年谱，就在他写了这首词的第二年，他便又自郴州被迁贬到横州。又次年，又被迁贬到雷州。他在雷州曾写了一篇《自作挽词》，其中曾有"家乡在万里，妻子天一涯"及"奇祸一朝作，飘零至于斯。弱孤未堪事，返骨定何时"之语（《淮海集》卷四十）。可知秦观在迁贬以后，并无家人之伴随，其冤谪飘零之苦，思乡感旧之悲，一直是非常深重的，曰"驿寄梅花，鱼传尺素"便正是极写其思乡怀旧之情。上一句用的是江东之陆凯寄梅花与长安之路晔的故事，据《太平御览》卷十九引《荆州记》云："陆凯与路晔为友，在江南寄梅花一枝诣长安与晔，并赠诗云：'折花奉驿使，寄与陇头人，江南无所有，聊寄一枝春。'"下一句用的是古乐府诗《饮马长城窟》的诗意。盖以该诗中曾有"客从远方来，遗我双鲤鱼，呼儿烹鲤鱼，中有尺素书"之句（《昭明文选》卷二十七），故以"鱼传尺素"代表寄书信意。总之，这两句所写的乃是怀旧之多情与远书之难寄，所以乃继之以"砌成此恨无重数"，极写远谪离别之悲，造成了无穷的深恨。而秦观在此处所用的"砌"字，则又是把抽象的"恨"之情意，作了一种具象的"砌"之描述。"砌"者何？砖石之砌筑也。曰"砌成此恨"，则其恨之积累之深重与坚固之不可破除，从而可想见矣。在如此深重坚实之苦恨中，所以乃写出了后二句的"郴江幸自绕郴山，为谁流下潇湘去"的无理问天之语。据《苕溪渔隐丛话》（前集）引《冷斋夜话》谓少游写此词，东坡读之，"绝爱其尾两句，自书于扇，曰：'少游已矣，虽万人何赎。'"本来一般人所常用的悼念贤才之语，原是"百身莫赎"，而此一传闻之故实，乃曰"万人何赎"，也足可见此二句词的感人之深，以及对秦观的悼念之切了。

至于此二句词之感人者何在，则私意以为，其主要之因素盖亦由于此两句词可以提供出写实与象喻两个层次的内涵,而其用意则又在可解与不可解之间,因之在表面所写之情景以外,乃更增加了一种神秘而无理性的气氛,也就更增加了它的吸引和感动人的力量。现在我们先谈其第一层写实的意义,则郴江之水源出于湖南省郴县之黄岑山,是所谓"郴江"之"绕郴山"者也。出山以后,乃北流而入耒水,又北经耒阳县,至衡阳而东入于潇湘之水,是所谓"流下潇湘去"者也。此原为天地自然之山川,本无任何情感可言者也。至于就第二层象喻之意义言之,则此一位锐感多情之词人秦观,在其历尽远谪思乡之苦以后,乃竟以自己之心想象为郴江江水之心,于是在"郴江"之"绕郴山"的自然山水中,乃加入了"幸自"两个有情的字样,又在"流下潇湘去"的自然现象前,加上了"为谁"两个诘问的辞语,于是遂使得此二句所叙写的自然山川,平添了一种象喻的意义。因此无情之郴江郴山乃顿时化为有情,而使得郴水竟然流出郴山且直下潇湘不返的造物之天地,乃愈加冷酷无情矣。于此我们如果一念及前面所引的秦观《自作挽词》中的"奇祸一朝作,飘零至于斯"的话,就可以体会出,他对于离开郴山一去不返的郴江江水,曾经注入了多少他自己的离乡远谪的长恨了。而所谓"为谁流下"者,则正是秦观自己对于无情之天地,乃竟使"奇祸一朝作"的深悲极怨的究诘。

像这种深隐幽微,而又苦怨无理的情意,原是极难以理性去解说和欣赏的。因此王国维在其《人间词话》中,虽然也曾赞美秦观这一首《踏莎行》词,谓其"词境""凄厉",但王氏所称美者,只是前半阕结尾的"可堪孤馆闭春寒,杜鹃声里斜阳暮"两句,而却认为苏轼之欣赏此词后半阕结尾的这两句词是"犹为皮相"。其原因我以为就正由于在这首词中,实在只有"可堪孤馆闭春寒"两句,是从现实之景物,正面叙写其贬谪之情境,而其他诸句,则多为象喻或用典之语,这与王氏平时所主张的"以自然之眼观物,以自然之舌言情"的欣赏标准,当然不甚相合,何况此词末二句,又写得如此隐曲而无理,因之王氏对于苏轼之欣赏此两句词的心情,乃不能完全理解,所以乃谓之为"皮相"。而苏轼之欣赏此两句词,则很可能是因为苏轼也是一个亲自经历了远贬迁谪之苦的人,所以尽管此二句词写得隐曲而且无理,苏轼读之却自然引起了一种直觉的感动。总之,苏轼与王国维之所赏爱的因素虽然各有不同,却也都不失为各有一得之赏。

至于我个人的看法,则以为就词中意境之发展而言,实在当以此词首尾两处所使用的象征的手法,和所蕴涵的象喻的意义为最可注意。而且我还以为,秦观早期词作中所表现的纤柔婉约之风格,虽然也有其独具之特色,使人被其敏锐善感之"词心"所感动,但那还只不过是由其天赋之资质所形成的一种特色而已。至如我们现在所讨论的这首《踏莎行》词,则是以其天赋之锐敏善感之心性,更结合了平生苦难之经历,然后透过其多年写词之艺术修养,而凝聚成的一种使词境更为加深了的象喻层次的开拓。这是我们在论秦观词时,所绝不该忽视的他的一点重要成就。

说周邦彦词一首

渡江云

晴岚低楚甸,暖回雁翼,阵势起平沙。骤惊春在眼,借问何时,委曲到山家。涂香晕色,盛粉饰、争作妍华。千万丝、陌头杨柳,渐渐可藏鸦。　　堪嗟。清江东注,画舸西流,指长安日下。愁宴阑、风翻旗尾,潮溅乌纱。今宵正对初弦月,傍水驿、深舣蒹葭。沉恨处,时时自剔灯花。

周邦彦为北宋词人中集大成之作者,开南宋词之先声,这一点在词之发展史上,固早为论者所公认。关于周邦彦词在艺术方面之成就,如其长于勾勒描绘,善于运化诗句,精于音律结构,以及其风格之浑成和雅,凡此种种长处,也早为识者所共见。只是关于周词之内容意境方面的评价，则论者之见仁见智，历来乃颇有异辞。盖早自张炎之《词源》，即已曾讥其"意趣却不高远"；王世贞之《弇州山人词评》亦曾谓其"能作景语，不能作情语"；刘熙载之《艺概·词曲概》亦曾谓："美成词信富艳精工，只是当不得一个贞字。"关于王国维则虽然在其晚年所写的《清真先生遗事》中对周词之艺术成就表现了相当的推崇，然而在其早年所写的《人间词话》中，也曾对周词之意境加以讥议，说"美成深远之致不及欧秦"，又谓其"创调之才多，创意之才少"，这些评语便都是对其内容意境方面表示不满的。但另一方面，则也有对周词之意境极致赞美者，即如陈廷焯之《白雨斋词话》，即曾云："美成词极其感慨，而无处不郁。"又谓："今之谈词者，亦知尊美成，然知其佳而不知其所以佳，正坐不解沉郁顿挫之妙。"又举周氏之《兰陵王》（柳阴直）、《满庭芳》（风老莺雏）及《菩萨蛮》（银河宛转三千曲）诸词，以为其"言中有物，吞吐尽致"，"沉郁顿挫中别饶蕴藉"，"哀怨之深，亦忠爱之至"。不过陈廷焯虽极为赞美周词，但他的解说却不够详明，而且陈氏自己也曾承认周氏之词往往有"令人不能遽窥其旨"的遗憾。因此近人之编写词选及文学史者，对于周词之内容遂颇多评诋，即如胡云翼之《宋词选》，就曾称周词所反映的是"冶荡无聊的生活，风格不高"，刘大杰之《文学发展史》也曾谓周词"除了一部分描写妓女的情爱以外，大都是无病呻吟的写景咏物之作"。其实周邦彦生当北宋新旧党争之际，对于政海沧桑确实颇多深慨，只不过一则因为他写得含蓄深蕴使人不易觉察，再则也因为周氏在当时的政争中，是被人目为新党之人，而在旧日传统之眼光中，则常有一种偏护旧党而鄙薄新党的成见，所以后世论词者便往往不肯从此一角度来解说周词。

其实，只要我们对周氏生平略加考察，便可以知道他的词中之含有政治方面的感慨，原是极为可能的。盖周氏之入汴都为太学生，乃正当神宗元丰初年变行新法之际。其后不久周氏就献上了赞美新法的《汴都赋》，为神宗所欣赏，遂自太学生一命为太学正。及至哲宗元祐初年高太后用事起用旧党之人，周氏遂于不久后被出官在外，流转多年。及至绍圣年间，哲宗正式亲政，于是旧党之人又相继被贬出，而新党之人乃陆续被召回。于是周邦彦便也于此时又被召回汴京，且曾重献《汴都赋》。只不过这时的周邦彦，在阅历沧桑以后，已经不复是早期炫学急进的少年，而是一位委顺知命的恬退的长者了。从他晚期的一些词作来看，如其《兰陵王》（柳阴直）、《瑞龙吟》（章台路）诸作，便该都是在其表面所写的对柔情之追念中，隐藏有政海沧桑之慨的。只不过这些词都写得极为含蓄，可以吟味，但都不宜于指说。唯有现在我们所要讨论的这一首《渡江云》词，则对其喻托之意稍微露有端倪，现在我们就将这首词略加评析。

首先此词第一句就点明了"楚甸"，据王国维《清真先生遗事》，以为周氏客荆州"当在教授庐州之后，知溧水之前"。但此词却并非此时所作，而当为其第二次被召入京时重过荆州之作（请参看《灵谿词说》中拙著《论周邦彦词》一文）。这首词从表面看来，其前半阕不过泛写春日之景物而已。俞陛云《唐宋词选释》即曾谓此词"上阕言楚江作客，春光取次而来，皆平叙景物"。其所说虽是，然而这实在却只是这首词表面所写的第一层意思而已。至于此词之下半阕，俞氏虽也曾提出"其写怀全在下阕"之说，然而俞氏对其所写之怀的理解，则只是"宴阑人散，送行者皆自崖而返。而扁舟孤客，泊苇荻荒滩，与冷月残灯相对。此词与柳屯田之晓风残月，皆善写客愁者"。其所说亦未能得其真义。现在当我们对周邦彦之性格与遭遇以及写作此词之时间与地点，都有了进一步的认识以后，就可以对之作较深一层的探索了。如我们在前文之所叙述，周邦彦自元祐初年出为庐州教授，至绍圣年间之再被召还京师，其间盖已有十年之久。在此十年中，时代既曾有新旧党人之废兴的两次剧变，周邦彦在阅历世变之余，其早年写赋求进之锐气，也已经消磨殆尽。因之此次再度蒙召入京，一方面虽然也有惊喜之情，而另一方面却同时也不免怀着很深的悲慨和恐惧。此词开端"晴岚低楚甸，暖回雁翼，阵势起平沙"数句，表面所写虽是在荆州水途中所见到的春至阳回的景色，但实在已经隐喻了时代的政治气氛之转变，尤其值得注意的是"暖回雁翼，阵势起平沙"二句，表面上所写虽是雁阵之起飞，但实际上却已经隐喻着一些因政治情势改变，而纷纷得意回朝的新党的人士。下面的"骤惊春在眼，借问何时，委曲到山家"数句，表面是写春天到来时，春光也来到了山中的人家，但此处实隐含有自指之意，暗喻自己在此次政局转变中，也再度被召还朝的这件事。以下自"涂香晕色"一直到上半阕的结尾数句，表面上所写的自然仍是春光之美盛，而实际上所隐喻的，则正是政局转变后，新党之人竞相趋进的形势。对于这首词中前半阕所可能具有的隐喻之意有了理解后，我们就会明白何以作者在下半阕的开端，竟忽然用了"堪嗟"两个字，来承接前面所叙写的美丽的春光了。

如果说前半阕藉春天景色所托喻的是政局的转变，以及在此一转变中，自己也随着政局之新形势而被召还朝的意外的惊喜，那么下半阕所写的则正是伴随着这种惊喜所同时产生

说周邦彦词一首 / *083*

的，对这种荣悴无常祸福难料的，新旧党人互相倾轧之多变的政坛的一种悲慨和恐惧。据强焕《片玉词序》谓周氏知溧水县时，曾为后园之亭台命名为"姑射""萧闲"，则其对竞进的心之逐渐泯除，已可概见。何况他在溧水还写有极著名的《满庭芳》（风老莺雏）一首词，其中的"且莫思身外、长近樽前"诸词句，也同样表现了一种淡泊世事的心情。而他在此次蒙召赴京，将要离开溧水前，所写的《花犯》（粉墙低）一首词，也曾藉着对梅花的感情，表现了对溧水的闲静恬适远离世纷的生活的依恋。当我们有了这种认识以后，我们就可以了解他在此首《渡江云》下半阕开端所写的"堪嗟。清江东注，画舸西流，指长安日下"所蕴涵的对于蒙召赴京一事之矛盾恐惧之心理了。其"清江东注"一句，所写的实不仅指眼前的江水而已，同时也暗喻了他对于江南的依恋，这种依恋，既包括了对他曾任过县令的溧水的依恋，也包括了对他自己的故乡钱塘的依恋；而下句的"画舸西流"，则正指今日奉召入京的旅程，其中的矛盾对比，自是显然可见的。再者，对旧日的士大夫而言，其一生所追求者，既以仕进为人生之主要目标，则被召还京师，便原该是一件可喜的事，而周邦彦在这一首词中，却表现了如此深沉的嗟叹和矛盾，则其原因究竟何在？于是周氏在下面的"愁宴阑、风翻旗尾，潮溅乌纱"，马上就写出了他的矛盾恐惧的症结之所在，原来他所愁惧的乃是政争翻覆之无常。所谓"愁宴阑"者，正是预先愁想之意，"宴阑"之所指，则是预愁今日如雁阵飞起的、"涂香晕色"的骤然贵显的一批新党之士，一旦"宴阑"下台，则或者便不免将要受到如今日下台的旧党人士所受到的同样的排挤和迫害，所以才在此一句之下，马上承接了"风翻旗尾，潮溅乌纱"两句，暗喻了政治上的风云变幻。"旗"字既可使人联想到一种权势党派的标帜，"乌纱"更可使人体味到政治上的官职和地位，而曰"风翻"，曰"潮溅"，则暗喻此种权势和地位之一旦倾覆的危险。这种用语和承接，都是要在我们体会到其中的托喻之意以后，才能够理解的。俞陛云评说此词，竟以为果然有离别之宴，谓此词为"宴阑人散"以后之作，而忽略了"愁宴阑"之"愁"字，原为预先愁想之意，那便因为他对此词所隐喻的真正意旨未能完全体会的缘故。至于此词结尾之处的"今宵正对初弦月，傍水驿、深舣蒹葭。沉恨处，时时自剔灯花"数句，才是此词中真正全用写实之笔之处，表现出水程夜泊孤独寂寞中满怀心事的情景。

  透过对于这一首《渡江云》的写作之时地，及其内容之深一层含义的分析，我们对周邦彦词之意境，当然有了更多的了解。但我却并不是主张一定要以托喻之意去解释周词。因为周邦彦在性格中既原来具有浪漫不羁而且爱好音乐的一面，则其作品中当然存有不少爱情之词与应歌之作。因此我以为对待周词一般大概可以取三种不同之态度。其一是可以但视之为爱情之歌曲，不必更推求任何深意者，如其词集中风格与《花间》相近的一些令词，以及长调中如《拜星月慢》（夜色催更）一首之写对幽欢佳会的怀念，以及《解连环》（怨怀无托）一首之写别后相思的怨情，像这一类词，我们对之便只当欣赏其动人之情事与精美之艺术，而不必更推求什么言外之含义。其二是对作品之本身，虽不必确指为有任何深远之含义，然而当我们对周邦彦之时代、生平和性格、遭遇都有了较深之认识以后，却可以使读者从其中吟味出一种深远之意蕴者。如其《齐天乐》（绿芜凋尽台城路）一首，读者便可以从其中吟味出一种沧桑之慨和迟暮之悲。再如其《玉楼春》（桃溪不作从容住）一首小令，表面所写虽然是离别今昔之感，但却全以极富于象喻之形象出之，遂使读者读之也自然可以引发一种深远之联想者。若此之类虽是供读者吟味，但却都不必确指其有任何托喻之意。其三则是果然有托喻之意可以确指者，即如我们所举的《渡江云》（晴岚低楚甸）一首，就属于此一类作品。像这类作品，我们在指说其托喻之意时，实当取极为审慎之态度，而不可落入牵强的比附之中。

关于如何判断作品中是否确有托喻，我以前在《常州词派比兴寄托之说的新检讨》一文中，曾提出过三项衡量的标准，以为："第一当就作者生平之为人来作判断，第二当就作品叙写之口吻及表现之神情来作判断，第三当就作品产生之环境背景来作判断。"（见《迦陵论词丛稿》）如果我们用这三项标准来对此《渡江云》一词试加衡量，则其一，周邦彦此词盖写于其出官外州县已有十年之久后，其为人性格已由少年时之不羁与急进，转为阅尽世变沧桑以后的淡泊恬退。而且据楼钥《清真先生文集序》之所记述，周邦彦此次蒙召还京以后，也是"虽归班于朝，坐视捷径，不一趋焉"，这种性格之形成，自然与他对当日党争中仕途之升沉祸福之忧惧有很大的关系。此其合于第一项衡量标准者也。其二，此词中所叙写之口吻神情，不仅在下半阕中的"指长安日下"和"风翻旗尾，潮溅乌纱"数句中之"长安""旗尾""乌纱"等字样，显然可见其含有喻托之意，就是在前半阕中的"暖回雁翼，阵势起平沙"及"涂香晕色，盛粉饰、争作妍华"数句，其托喻之含义也是隐然可想的。即如杜甫就曾有"君看随阳雁，各有稻粱谋"（《登慈恩寺塔》）之句，将随阳追暖的雁，比喻作谋求稻粱利禄的竞进之人；而辛弃疾也曾有"却笑东风从此，便熏梅染柳，更没些闲"（《汉宫春》）之句，将春色的熏梅染柳,比喻韩侂胄当国时,以恢复之议对功名之士的号召(见台湾现代国民基本知识丛书中之郑骞《词选》)。像这些词句中所用的语汇和叙写的口吻,就都或隐或显地表现了托喻之意。此其合于第二项衡量标准者也。其三,则此词写于绍圣年间,哲宗已经亲政,旧党多被贬谪,而新党重新得势之际。是其写作之时代环境,也证明了此词有托喻之可能,此其合于第三项衡量标准者也。正因为有如此种种相合之处,所以我才敢大胆指明此词之果有托喻之意。不过,像这种完全合乎三项衡量标准的作品,在周邦彦词中并不多。所以我们虽可以因此词之证明,对周词之意境,在阅读时可以有较深之意会及较多之联想,但在解说周词时,则仍当极为小心谨慎,不要轻易作过分指实的托喻的解说。这也是我们在评赏周邦彦词时,所不得不注意及之的。

说辛弃疾词二首

辛弃疾的《祝英台近》

祝英台近　晚春

宝钗分，桃叶渡，烟柳暗南浦。怕上层楼，十日九风雨。断肠片片飞红，都无人管，更谁劝流莺声住？　　鬓边觑，试把花卜归期，才簪又重数。罗帐灯昏，哽咽梦中语："是他春带愁来，春归何处？却不解带将愁去！"

一般人论创作，常喜欢将之分为"主观的"与"客观的"两种态度，其实"主观"、"客观"只是读者就外表所见的一个浮浅的分别。若就作者来说，则每一位大诗人都同时是"主观的"也是"客观的"，惟其是"主观的"所以能"入",能"入"才能对所感受的情趣有深刻的体会,其作品才有内容。也惟其是"客观的"所以能"出",能"出"才能对所感受的情趣有超然的观赏,才能描写。一个人对欢喜快乐或愁苦悲哀都木然无所感受,或感受得不深,固然不会写出动人的作品来;反之,一个人若虽能感受,而欢喜快乐时只顾哈哈大笑,愁苦悲哀时只顾痛哭流涕,丝毫没有观赏的余裕,也不会写出好的作品来。所以在作者写作的态度上来说,我们并不能强为之分别"主观"和"客观",可是作者的个性毕竟不能全同,有些人较为热情,有些人较为冷静。在热情者则写作时虽取客观的观赏态度,而其所见者仍为热情;在冷静者则写作时虽也有主观的体认,而其所体认者仍为冷静。所以前者表现于作品便显得"主观"显得"有我",后者表现于作品便显得"客观"显得"无我"。王静安先生《人间词话》就曾将词的境界分为"有我"与"无我",他说:"有有我之境,有无我之境。'泪眼问花花不语,乱红飞过秋千去','可堪孤馆闭春寒,杜鹃声里斜阳暮',有我之境也;'采菊东篱下,悠然见南山','寒波澹澹起,白鸟悠悠下',无我之境也。"高明先生在《中国修辞学研究》第四节《意境》一篇中谈到"无我之境"时,便又反驳王静安先生《人间词话》说:"境既是由我而写,就不能无我……若不是元好问的心怀'潇潇'、'悠悠',哪里能见到寒波的潇潇而起,白鸟的悠悠而下?……像这样的诗句,虽无我相,确是有我。"

前面的废话写了很多,其实我的意思只是要说明辛弃疾的感情热烈,所以在他的作品中不易见到纯冷静客观的写景之作,而我又恐怕一般人对"主观""客观"二辞有所误会,所以不得不先下一番解说。使人知道所谓"主观""客观"只是为读者欣赏批评时方便立论,原是无关于作者之写作态度;又使人知道其表现之于作品而成为"有我"与"无我"两种境界者,原也只是由于作者之个性有热烈与冷静之不同,而并不能真的无我。就以这一首《祝英台近》来说,"烟柳暗南浦"与"断肠片片飞红"二句都是写景,"飞红"一句因为有"断肠"二字,自然明明白白可以看出是"主观"是"有我",而"烟柳"一句却并没有明明白白表示感情的字眼,但"烟柳暗南浦"五个字读起来却仍不如前面列举的"寒波潇潇起,白鸟悠悠下"二句冷静客观,仍然显得"有我",这正因为作者的个性不同。所以辛稼轩写景,尽管他没有一个表示感情的字,而我们却仍可看出他感情的热烈与力量的充沛。如同他另一首词中的"点火樱桃,照一架荼蘼如雪"一句,没有一个写情的字,然而"点火"二字写得多么热烈,"照"字一个字又写得多么有力。《水浒传》写武松在鸳鸯楼上杀完了人,在壁上题了九个字:"杀人者打虎武松是也。"金圣叹批曰:"请试掷地,当作金石声。"稼轩这两句词真使人有"掷地作金石声"的感觉。若没有稼轩的感情与力量绝写不出这样的句子来,这一首《祝英台近》的"烟柳暗南浦"一句亦然,虽只有短短五个字,然而视野之广远,树木之蓊郁,只用一个"暗"字便写得遮天盖地而来,虽没有前所举"点火樱桃"二句的响亮,而沉厚过之。这正是我在另一篇谈稼轩《满江红》(家住江南)词所说的英雄之手段,也正是稼轩性格之表现。稼轩确实不愧为一位英雄诗人。

说到英雄,自然该是坚强勇敢,要能提得起,能放得下。然而在这首《祝英台近》一词中"怕上层楼,十日九风雨"二句,却写得其如此无可奈何。能使一个英雄说出如此无可奈何的话来,这真是最大的悲哀。稼轩是英雄,然而稼轩生当国破家亡的南宋,即以此一点悲哀而论,则稼轩虽是英雄,要提起也如何能提起?要放下又如何能放下?所以有人以为稼轩此词是象征之作,是藉男女之思写家国之痛。其实不论其所写是男女之思还是家国之痛,作品中所表现的就是作者对人生整个的体验,也就是作者全人格的涌现,所以王静安先生《人间词话》说:"大诗人所造之境必合乎自然,所写之境亦必邻于理想。"法国心理学家德腊库瓦(Dalactoix)在他的《艺术心理学》一书中说:"艺术就是创造,是人力。艺术的意象向来不是自然事物的拓本,它是艺术家创造出来融化事物的。"我有时偶或在课余之暇,和学生讲到一本小说或一篇故事,最煞风景的是在讲完后,他们对这小说或故事中所表现的意象,以及用以表现的技巧丝毫无所体会,而只是追问着:"老师,这些人物和事情是真的还是假的呢?"这真是兜头一盆冷水,常使我怅然若失,默然良久。记得有一次讲到人类理想幻灭的悲哀,我曾举我的老师所作的一首《临江仙》小词"记向春宵融蜡,精心肖作伊人。灯前流盼欲相亲,玉肌凉有韵,宝靥笑生痕。 可惜朱明烈日,炎炎销尽真真,也思重试貌前身,几回终不似,放手泪沾巾"为例说:哪一个人在年轻时没有理想?哪一个人不把自己的理想刻画得非常美妙?这就是"春宵融蜡","肖作伊人"。而"灯前流盼欲相亲,玉肌凉有韵,宝靥笑生痕"三句所表现的意象又是多么美丽而生动!不论你的理想是什么,你不是都曾把它想象得如此美丽而生动吗?但是"可惜朱明烈日,炎炎销尽真真",当你离开学校走进社会,由青年步入中年时,你猛然偶一止足回顾,便会蓦地发现你的理想早已随着你的似锦华年消逝得无影无踪了。你起初一觉察时,也许情有未甘"思重试貌前身",然而现实生活的重担拖累着你,到了"几回终不似"的时候,也只好"放手泪沾巾"了。当然我这样解释只是我个人读此词一时的感觉,因为"大诗人所造之境必合乎自然,所写之境亦必邻于理想",所以只要是一篇好的作品,则其所象征者至广至高,仁者见仁,智者见智,深者见深,浅者见浅,对稼轩此《祝英台近》一词亦正不必拘泥于男女之情抑家国之痛也。至于一般人写男女之情而流于卑下者,正因为他们写情欲,更无丝毫理想,所以不能使读者有所感发。这当然是作者对不起读者,若是作者作品中虽有理想,而读者却只斤斤于字句之间,则又是读者对不起作者了。但我要再申述一句,我所谓"理想",乃指作品所表现的意象,至于穿凿附会比附事实者正与死于句下者同病。

稼轩此词"怕上层楼,十日九风雨"二句,是多么无可奈何的心情,俗语说"不如意事常八九",命运之无凭,人事之无常,稼轩虽是英雄,而对此"十日九风雨"的环境也毕竟无可奈何,何况在人生中诸如"风雨"之类非人力所可改变挽回的事情正多。能使稼轩那样的英雄说出这样无可奈何的话来,真是要提起如何能提起,要放下如何能放下!常人只认得稼轩粗犷豪放,对于这一类词句当多多体会。又如稼轩另一首《满江红》之"天远难穷休久望,楼高欲下还重倚,拼一襟寂寞泪弹秋,无人会",其"天远难穷"两句,与这一首《祝英台近》之"怕上层楼"两句意境颇相似,只是"楼高欲下还重倚"一句于无可奈何之中却还更有着一种孔老夫子的"知其不可而为之"的精神,英雄固英雄,悲哀也真是悲哀。而"拼一襟寂寞泪弹秋,无人会"二句,则更是前所举俗语"不如意事常八九"的下一句转语"可与人言无二三",寂寞之极,正是悲哀之极。一般人学稼轩,若只学其粗犷豪放,而不能体会他感情的深厚绵密,则未免失之皮相了。

接下去"断肠片片飞红,都无人管,更谁劝流莺声住"三句,更进一步来写无可奈何的情境。落红自飞,流莺自啼,飞者既挽不住,啼者也劝不住。人类力量之薄弱,生活之悲哀,更复何言?曾经有位作家写一篇文章谈诗的隐与显,他说:"写景的诗要显,写情的诗却要隐。"并且举温庭筠的《忆江南》"梳洗罢,独倚望江楼,过尽千帆皆不是,斜晖脉脉水悠悠,肠断白蘋洲"一词为例,说此词收语就近于显,"如果把'肠断白蘋洲'五字删去,意味更觉无穷"。他这个例子,可以说举得极其恰当。但我却觉得有些写情之作,虽然写得显,也同样使人觉得意味无穷,而且深挚有力,《古诗十九首》的"思君令人老"就是一个好例。即同样用"断肠"二字来看，如同韦庄《浣花词》中《应天长》一首"绿槐阴里黄莺语，深院无人春昼午，画帘垂，金凤舞，寂寞绣屏香一炷。　碧天云，无定处，空有梦魂来去，夜夜绿窗风雨，断肠君信否"，这"断肠"二字便用得极深挚，并不因其显而缺乏感发的力量。所以我以为诗的好坏，不在写情的隐与显，而在所写之情的深浅厚薄。大抵感情真挚深厚者，写得显更足以见其深厚，而感情浮薄分量不够者，则写得隐，倒颇有使人莫测高深之妙。稼轩此词"断肠片片飞红"一句的"断肠"二字，虽然或不及韦庄之"断肠君信否"，但却比温庭筠的"肠断白蘋洲"朴实诚挚得多了。

后半阕"鬓边觑，试把花卜归期，才簪又重数"写得极缠绵细致。说"鬓边"，说"花"，则人之美自在想象之中；说"才簪"，说"重数"，则感情之诚挚又自在言语之外矣。记不清在什么地方看到这样一句诗说："浑难解脱情痴处。"这句诗并不好，因为他写得太笨拙，太庸俗，不美。然而说到"情痴"之"难解脱"，则倒是真的。常常我们怀念一个人的时候，就会时时刻刻有那个人的影子在我们心上徘徊，即使你有意想摆脱，自己对自己说"怀念无益""不必怀念"甚至"不该怀念"，然而却偏偏摆脱不掉。正如王实甫《西厢记》所说的："待飐下，教人怎飐？"只是王实甫的"教人怎飐"写得较"浑难解脱"一句生动而有情致,至于稼轩的"鬓边觑,试把花卜归期,才簪又重数"则写得蕴藉而美。

最后一节:"罗帐灯昏,哽咽梦中语:'是他春带愁来,春归何处?却不解带将愁去!'"清醒时是"花卜归期",睡眠中是"哽咽梦中语"。稼轩这一首词真是一往情深。而"是他春带愁来,春归何处?却不解带将愁去"这三句所写的情境,也是人生中常有的经验,常常无意中在某一时间、某一地点,由某一件事情、某一位人物带给你一种感情,其后虽然时移、境迁、事往、人非,而当初由它所带来的情感,却永留在心中,再也去不掉了。陆放翁《菊枕》诗说:"惊回四十三年梦,灯暗无人说断肠。""四十三年",逝去的时间不可谓之不久,而"断肠"情感却未曾随时间而俱逝。在我们过去的生活中,有多少哀愁?到如今"春归何处"?为什么不能"带将愁去"呢?

写到这里,已快要结束了,而翻回头来一看却发现这一首词的首二句"宝钗分,桃叶渡"没有交代。其实这二句词不用解说,只一看"宝钗分"三个字便知道写的是离别。"桃叶渡"的典故也并不生僻,据《古今乐录》记载,晋王献之有侍妾名桃叶,献之送别桃叶时,临渡曾作歌赠之,则"桃叶渡"三字也仍是写离别而已。其实这一首词的第三句"烟柳暗南浦"的"南浦"也是用的江淹《别赋》的"送君南浦，伤如之何"的典故。只是"烟柳暗南浦"一句比"宝钗分，桃叶渡"二句给人的意象更为具体而明显。王静安先生《人间词话》曾谈到"隔"与"不隔"的分别，大概所表现的意象鲜明，使人一见便感到作品中的情趣者便是"不隔"，反之则是"隔"。"南浦"一句虽也用典，然而无害于其所表现的意象与情趣，所以"不隔"，"宝钗分，桃叶渡"则稍"隔"矣。因此我们知道诗词的好坏不在用典与否，而在用典的"隔"与"不隔"。用典用得好，不但"不隔"，而且因所用典故之联想更可以增加作品之情趣；用典用得不好，则堆砌一批荒僻生涩的辞字简直使人不知所云了。"宝钗分，桃叶渡"二句，在这首词中当然不能说有功，但也不至于有过，便因为这二句还写得平易，没有堆砌生僻的毛病。所以稼轩这一首《祝英台近》毕竟不失为一篇美好而完整的作品。

从一首《水龙吟》看辛弃疾词一本万殊之特质

关于辛弃疾及其词，历来评词者对之已曾有过不少论述。一般说来，辛氏之为一位忠义奋发之词人，这原是读者对辛词之共同印象。徐釚在《词苑丛谈》卷四《品藻》一篇中即曾引黄梨庄之语曰:"辛稼轩当弱宋末造,负管乐之才,不能尽展其用,一腔忠愤,无处发泄……故其悲歌慷慨抑郁无聊之气,一寄之于词。"因此辛弃疾在词一方面之成就,实在可以说乃是他的收复中原之志意在现实方面失败后,所转化出来的一种一体两面之结果,这当然是我们欣赏辛词时所当具有的一点最基本的认识。不过,值得注意的则是,辛词之感发生命的本质,虽以英雄失志的悲慨为主,然而他的词却又在风格与内容方面,表现出了多种不同样式与不同层次的变化。关于这种由一本演为万殊的变化,私意以为其演化之情况盖有几点值得注意之处。第一我们该注意到的是,辛词中感发之生命,原是由两种冲击的力量结合而成的。一种力量是来自他本身内心所凝聚的带着国家之恨的想要收复中原的奋发的冲力,另一种力量则是来自外在环境的,由于南人对北人之歧视以及主和与主战之不同,因而对辛弃疾所形成的一种谗毁摈斥的压力,这两种力量之相互冲击和消长,遂在辛词中表现出了一种盘旋激荡的多变的姿态,这自然是使得辛词显得具有多种样式与多种层次的一个主要的原因。第二我们该注意到的,则是辛词中之感发生命,虽然与当日的政局及国势往往有密切之关系,但辛氏却绝不轻易对此作直接的叙写,而大都是以两种形象作间接的表现：一种是自然界的景物之形象，另一种则是历史中古典之形象。这种写法，一则固然可能由于辛氏对于直言时政有所避忌，再则也可能是由于辛氏本身原具有强烈的感发之资质，其写景与用典并不仅是由于有心以之为托喻，而且也是由于他对于眼前之景物及心中之古典，本来就有一种丰富的联想及强烈的感发。这自然是使得辛词显得具有多种变化与多种层次的另一个重要的原因。辛弃疾曾经写过一首题为"过南剑双溪楼"的《水龙吟》词，足可以作为例证来说明我们前面所提到的辛词中的几种特质。全词是：

举头西北浮云，倚天万里须长剑。人言此地，夜深长见，斗牛光焰。我觉山高，潭空水冷，月明星淡。待燃犀下看，凭栏却怕，风雷怒，鱼龙惨。　　峡束苍江对起，过危楼，欲飞还敛。元龙老矣，不妨高卧，冰壶凉簟。千古兴亡，百年悲笑，一时登览。问何人又卸，片帆沙岸，系斜阳缆。

这首词可以说就是辛弃疾结合了景物与古典两方面的素材，把内心中之两种互相冲击的力量，表现得极为曲折也极为形象化的一首好词。

要想了解其好处何在，我们首先便要对这首词的题目略加说明。题中的"南剑"乃宋代州名，古为七闽之地，汉武帝元封年间于此置南平县，唐高祖武德三年于此置延平军。肃宗上元元年改为剑州。宋太宗太平兴国四年因蜀有剑州，乃加"南"字以别之，称南剑州。元成宗大德六年改为延平路，明代改称延平府。清代延之，领南平等县，属今日福建省。据《南平县志》所载，谓："双溪楼在府城东，又有双溪阁，在剑津上。"又载："剑津一名剑溪，又名龙津，又名剑潭，城东西二溪会合之处。昔时有宝剑跃入潭，化为龙。故名。"（以上所叙分别见《南平县志》卷一之《历代沿革表·第二》，卷四之《名胜志·第六》及卷三之《山川志·第四》）以上是有关此词题目之地理背景的记叙。至于所谓"宝剑跃入潭，化为龙"则又牵涉一则历史故事。盖据《晋书·张华传》所载，谓当时斗牛之间常有紫气，张华闻豫章人雷焕妙达象纬，询之，焕曰："宝剑之精上彻于天耳。"又问在何郡，焕曰："在豫章丰城。"华乃补焕为丰城令。到县掘狱屋基，得一石函，内有双剑，一曰龙泉，一曰太阿。焕遂送一剑与张华，留一剑自佩。及张华被诛，失剑所在。焕卒后，其子为州从事。持剑行经延平津，剑忽于腰间跃出，堕水，使人没水取之，不见剑，但见两龙，各长数丈。没者惧而返。须臾，光彩照水，波浪惊沸，于是失剑（见《晋书》卷三十六《张华传》）。以上是有关此地的历史上的传述。对此词题目中的地理和历史的背景都有了认识以后，我们就可以对此词一加评析了。

先看开端两句，首句之"西北浮云"，既可以为眼前之景物，亦可以喻指沦陷之中原；次句之"长剑"既可以指有关此地之历史传说，亦可以喻示作者想要恢复中原之壮志。而曰"举头"则把遥远的"西北浮云"，也就是所喻指的沦陷的乡国之恨写得何等真切分明；曰"倚天万里"则又把传说中之神剑，也就是所喻示的作者的壮志写得何等雄杰不凡。即此二句，也已经足可见出辛词的层次之深曲及其感发之强烈了。以下"人言此地，夜深长见，斗牛光焰"三句，则既是紧扣住题目写有关"南剑双溪楼"之历史故实，是上冲斗牛中的神剑之光焰难消，也是作者的收复中原之壮志的慷慨长存。以下"我觉山高，潭空水冷，月明星淡"三句，则蓦然由前三句所表现的高扬激奋而转入了另一种空寂凄冷的情调，这种转变，一方面既是写他由冥想中的有关此地的往昔之神剑的传说，而折返到了现实的此地的眼前之景象，另一方面则也象喻了作者由自己理想中的收复中原之壮志，而跌入了现实中的被摈斥和冷落的不足以有为的现实的境遇。举头仰视则是月明星淡的冷漠无情，低头下望则是水冷潭空的凄寒空寂，然则昔日上冲斗牛的神剑之精华今日乃究竟何在？作者的收复中原之壮志又究竟何日得偿？以辛弃疾之感情志意的深切坚强，当然绝不是一个轻言放弃的人，于是下面的"待燃犀下看，凭栏却怕，风雷怒，鱼龙惨"数句，乃写出了他想要有所追寻的心意，和在追寻时所可能遇到的危险和阻碍。盖当年之神剑既传说是跃入潭中，所以辛弃疾乃用"待燃犀下看"一句，写出了他想要到潭水中去寻觅神剑的愿望。而由此一句，遂又引出了辛弃疾对于另一则古典的联想。原来在《晋书》的《温峤传》中，曾记述有一则故事，说温峤曾由牛渚矶经过，其地"水深不可测，世云其下多怪物，峤遂燃犀角而照之，须臾，见水族覆火，奇形异状，或乘马车着赤衣者"云云（见《晋书》卷六十七《温峤传》）。不过，辛弃疾在此处用温峤"燃犀"之典故，与前面所用的张华"神剑"之典故，其方式与作用则并不尽同：前面的"神剑"之典故，是用其整个故事为全词之骨干，以切合题意而唤起全篇之感发；此处用"燃犀"之典故，则不过取温峤曾见水中有水族鱼龙精怪之一义而已。而此数句亦有两层含义，表面是写欲向深潭中寻觅神剑的艰难不易，而暗中却也喻示了辛弃疾自己如果想要实现收复中原之壮志，所可能遇到的谗阻和迫害。而且"风雷""鱼龙"

诸字样，原来也颇易于引起读者有关政治性之托喻的联想，盖早在唐代李白之《远别离》一诗中，即曾有过"雷凭凭兮欲吼怒"及"君失臣兮龙为鱼"等诗句，前者可以喻当政者之威权迫害，后者可以喻朝廷形势之变化无常，辛弃疾词与李白诗所托示之喻意当然并不相同，但"风雷""鱼龙"等字样之可以引起政治托喻之联想，则是相同的。以上是此词之前半阕。其所叙写的景物之形象与古典之形象，已经喻示了作者之壮志与现实环境之冲击，并且作了多种层次的对比。

至于下半阕过片之"峡束苍江对起，过危楼，欲飞还敛"几句，第一层意思固是正面写南剑双溪楼所在之地理形势。我们在前文已曾根据《南平县志》介绍过，说双溪楼"在剑津上"而剑津也就是"剑潭"，为"城东西二溪会合之处"。据《延平府志》卷二《山川》之记叙，谓："西溪源出长汀县……东流至顺昌，与邵武溪合流……至沙溪口与沙县溪合流四十里至剑潭，与东溪接。"又谓："东溪源出浦城、崇安、松溪三县，凡五派合流，会于建宁城外，南流一百二十里至剑溪，遂合流而下，俗呼丁字水，又名南溪。"辛词所云"峡束苍江对起"就正是写西溪及东溪二水在此峡口会合之形势。而观夫前所引《延平府志》有关二水之叙述，则东西两溪既皆曾汇纳沿途诸水而合流，是则其水势必极为澎湃汹涌，而在此地骤然为山峡所约阻，则两水相对流入时，其相互冲击排荡的力量之强大自可想见，故曰："峡束苍江对起，过危楼，欲飞还敛。"这几句，不仅极为生动真切地写出了在双溪楼上所见的两水会合之激荡的形势，而且承接着上半阕，也正好把前片所喻示的作者的收复之壮志与现实谗阻的矛盾，作了一个极为形象化的总结。是则"欲飞还敛"者，固是眼前之水势，而同时也就正是辛弃疾内心中的激荡悲愤的情怀。所以下面的"元龙老矣，不妨高卧，冰壶凉簟"三句，作者自己乃从前面托喻的隐藏的阴影中，正式显现到读者的面前。可是在这种由隐而显的承接中，辛弃疾却又并不接着前面激荡的情怀作叙写，反而转变为一种悠闲平静的笔调，写出了"高卧"和"冰壶凉簟"的句子，因而乃给了读者更多寻思的余味。

而且在此处辛弃疾又用了另一个典故，原来"元龙"乃是三国时代"名重天下"的陈登的字，据《三国志》卷七《魏书》七《陈登传》，及裴松之注引《先贤行状》之记述，陈登为人盖"深沉有大略，少有扶世济民之志"，曾任广陵太守，"明审赏罚，威信宣布"，曾经平定海贼，围攻吕布，以功加封为伏波将军，年三十九病卒。其后许汜与刘备并在荆州牧刘表座上，共论天下人物。许汜曰："陈元龙湖海之士，豪气不除。"备问汜："君言豪，宁有事耶？"汜曰："昔遭乱，过下邳，见元龙，元龙无客主之意。久不相与语。自上大床卧，使客卧下床。"备曰："君有国士之名，今天下大乱，帝王失所，望君忧国忘家，有救世之意，而君求田问舍，言无可采，是元龙所讳也，何缘当与君语？如小人，欲望百尺楼上，卧君于地，何但上下床之间耶？"辛弃疾用这一则典故，盖有几层取意。其一是陈登与许汜的对比，陈登有"扶世济民之志"，而许汜则求田问舍但求个人之安居，所以辛氏在另一首《水龙吟》（楚天千里清秋）词中，便也曾说过"求田问舍，怕应羞见，刘郎才气"的话，表示了对于只求个人安居而不关心国家的如许汜一类之人的鄙弃，也暗示了辛弃疾自己不求个人安居，而一意以收复中原为职志的用心。

这本该是辛弃疾用此一典故的本意。可是在这一首词中，辛氏在使用此一典故时，却又更加了一层转折之意，盖当年之陈元龙本以扶世济民为己志，不求个人安居，而现在则以陈元龙之志来自比的辛弃疾，则已经年华老去，壮志难成，是则也不妨但求个人之安居矣。词中的"冰壶凉簟"就正表示在炎夏中有清凉之饮料与凉爽之竹席的舒适安乐的生活。而"高卧"两个字，则是辛弃疾在把此一则典故加以转化使用时，一个表示反讽之意的关键。因为在《陈登传》中陈氏之高卧上床本是表示对于但求个人安居的许汜的轻视,因而也显示着陈登之不求个人安居的志意之远大。可是此处辛氏之"不妨高卧"一句,则是断章取义,把"高卧"转化成了一种无所事事的闲居的形象,以原来表示壮志的字样来表现闲居,这正是辛氏在反讽中所透露的,对于自己的壮志无成的嘲笑和悲慨。于是下面的"千古兴亡,百年悲笑,一时登览"三句,辛弃疾遂将典故中的古人古事,与现在自己的今人今事,作了一个综合的总结。得剑的张华,燃犀的温峤与高卧的陈登,都已经在历史中消逝,而人间之盛衰兴亡,其推演循环,乃正复沧桑未已。而今日自沦陷区归正南来的辛弃疾其当年突骑渡江的壮声英概,与今日屡遭谗摈的感慨哀伤,无论其为悲为笑,盖亦皆将在历史之长流中消逝无存。个人一世之百年,与历史兴亡之千古,相较起来,自然微不足道,而辛弃疾却偏偏在今日双溪楼的一时登览之中,对历史上的千古兴亡与自己个人的百年悲笑,在景物与典故的相互生发之联想中,引起了触绪纷来的平生万感。只不过辛氏却又并未明写其感慨,而只写了"一时登览"四个字,把感慨都留在言外未加说明。

关于这种言外之慨,我们可以引用辛弃疾另一首《水龙吟》(楚天千里清秋)词中的"江南游子,把吴钩看了,阑干拍遍,无人会,登临意"数句,来互相参看:其所谓"登临意",就正可以作为此词之"一时登览"的注脚;而其所谓"江南游子"所表现的南来以后的失志之悲,也可以作为此词开端的"西北浮云"一句所表现的对沦陷之中原的难以或忘的说明;至其所谓"吴钩"则又恰好与此词"长剑"相应合。而且我们在前面还曾引用他那一首《水龙吟》词中的"求田问舍,怕应羞见,刘郎才气"数句,来作过对这一首词中的"元龙老矣,不妨高卧"数句的说明,不过那首词是正用,这首词是反讽。是则此二首《水龙吟》词,就其感发生命之本质言之,固皆为其平生志意与理念本体之呈现。只不过"楚天千里清秋"一首,其慷慨激昂之气多为正面之流露,而此调则颇多幽隐曲折之致,且曾使用反讽之笔法。所以在"楚天千里清秋"一词结尾,辛氏乃明白写出了自己的悲慨,说:"可惜流年,忧愁风雨,树犹如此。倩何人唤取,红巾翠袖,揾英雄泪。"而这一首词中,则不仅"一时登览"之句未明言自己之悲慨,而且在最后的结尾,也只以悠闲淡远之笔,描写了一幅眼前的景物之形象,说:"问何人又卸,片帆沙岸,系斜阳缆。"此三句,在一方面固可以视为承接上一句之"一时登览"而来,是写登览中所见的眼前之景象。而另一面则在此词前面之多重喻示的衬托中,此结尾三句于是就也提供给了读者更深一层的喻托之联想。盖"卸帆""系缆"原都是表现船之停泊不再前进的形象,也喻示了南宋朝廷之耽溺于眼前之苟安,不再想收复中原的一种颓靡的心态。何况辛弃疾还对于系缆的船,用了"斜阳"两字的形容。而"斜阳"两字,在辛词中则往往有喻示渐趋衰亡的南宋国势之含义。即如其另一首著名的《摸鱼儿》(更能消几番风雨)一词,其结尾之处的"休去倚危栏,斜阳正在,烟柳断肠处"三句,便是很好的例证。罗大经《鹤林玉露》(卷一)即曾云:"斜阳烟柳之句,比之'未须愁日暮,天际乍晴阴'者异矣,在汉、唐时,宁不贾种豆种桃之祸哉!"许昂霄《词综偶评》亦云:"结句即义山'夕阳无限好,只是近黄昏'之意,斜阳以喻君也。"这些说法,都可以与此词之"系斜阳缆"一句相参看。

本来辛弃疾的好词甚多,但因篇幅的限制,我们无法多加选说。不过,我们前面既曾将其"楚天千里清秋"一首《水龙吟》词与这一首《水龙吟》词作了约略的比较,而如果我们再将他的"更能消几番风雨"的《摸鱼儿》词参照来看,则《摸鱼儿》一词开端的"更能消几番风雨"便也正可以与另一首《水龙吟》词中的"可惜流年,忧愁风雨"相参看。而《摸鱼儿》词中的"天涯芳草无归路"一句,则也可以与另一首《水龙吟》的"休说鲈鱼堪鲙,尽西风季鹰归未"数句相参看；还有《摸鱼儿》词中的"脉脉此情谁诉"一句，亦可以与另一首《水龙吟》词中的"无人会，登临意"二句相参看。至于就我们现在所讨论的这一首《水龙吟》词而言，则除了"斜阳"一句可以与《摸鱼儿》中的"斜阳"一句相参看以外，还有这首《水龙吟》词中的"凭栏却怕，风雷怒，鱼龙惨"数句，与《摸鱼儿》词中的"蛾眉曾有人妒"一句，所喻托的既同样是对于谗摈的忧惧，是则其情意固亦有相似之处。

所以，我在前文中就曾经提出来说：辛词之感发生命的本质原以"英雄失志"的悲慨为主，只不过由于一则其感发生命中原来就具含有两种互相冲击的力量，此两种力量又往往因时地境遇之不同，而可以有彼此间迭为消长的变化的情形，故其词之风格乃展现为多种不同之情调与面貌，再则其词中藉以表现感发生命的各种触引喻托的媒介，或用眼前之景物，或用历史之古典，也各有性质不同之形象。何况当他用典时，其使用之态度与方法，又有正反宾主之各种的变化，这当然是使得辛词表现得曲直刚柔多彩多姿的另一个原因。就以本文所提到的这两首《水龙吟》词及一首《摸鱼儿》词而论，其所蕴涵的感发生命之本质虽然是一贯的，然而其风格面貌，却已经表现了各自不同的变化。其一首《水龙吟》（楚天千里），自眼前现实之景物起兴，当下就承接了"献愁供恨"和"江南游子"诸句,对自己的感情作了直接的抒写;可是这一首"举头西北浮云"的《水龙吟》词,则通篇大都以景物及古典之形象为喻示,直到"元龙老矣"三句,才在古典中显出了自己的影子,而却还用了反讽的笔法,并未作直接的抒写。何况开端的"举头西北浮云,倚天万里须长剑"的雄杰的气势和口吻,也与结尾处的"卸帆"、"系缆"的闲淡的笔法和口吻,造成了另一种反讽的对比。所以这一首词的幽隐曲折的变化,较之"楚天千里清秋"一首的慷慨激昂,便已经在风格上有了很大的不同。只不过其开端之"长剑"的形象还保留了一些"慷慨激昂"的气势。可是他的《摸鱼儿》(更能消几番风雨)一词,则通篇都是以暮春之景色及女子之哀怨为喻托之形象,于是遂在风格上便又表现了一种幽咽缠绵的风貌,所谓"百炼钢"化为"绕指柔",才人伎俩乃真有不可测者矣。

希望我们对于这一首"举头西北浮云"的《水龙吟》词所作的讨论说明,以及我们把这一首《水龙吟》词与另一首"楚天千里清秋"之《水龙吟》词,和《摸鱼儿》(更能消几番风雨)一词所作的相互比较,可以就辛词一本万殊的特色,提供给读者一点小小的参考。而这一首《水龙吟》词中的"峡束苍江对起,过危楼,欲飞还敛"三句,我以为也恰好可以作为对辛词之感发生命的两种冲击力量的极为形象化的说明。这正是我何以在辛弃疾那么多首著名的好词中,却单单只选取了这一首词来加以讨论的缘故。

说吴文英词一首

齐天乐　与冯深居登禹陵

　　三千年事残鸦外,无言倦凭秋树。逝水移川,高陵变谷,那识当时神禹。幽云怪雨。翠葆湿空梁,夜深飞去。雁起青天,数行书似旧藏处。　　寂寥西窗久坐,故人悭会遇,同剪灯语。积藓残碑,零圭断璧,重拂人间尘土。霜红罢舞。漫山色青青,雾朝烟暮。岸锁春船,画旗喧赛鼓。

　　吴文英词一向以晦涩见称,近世编撰文学史及词选的一些人,如刘大杰、胡适、胡云翼诸人,都曾经对吴词加以讥评,以为其所作"大半都是词谜",是"套语与古典"的"堆砌","他的长调几乎没有一首可读的"。但清代的一些词评家,却曾经对吴词备至推崇,如戈载之《宋七家词选》即曾称其"运意深远,用笔幽邃,炼字炼句,迥不犹人。貌观之雕缋满眼,而实有灵气存乎其间"。周济之《宋四家词选·序论》亦称其"立意高,取径远,皆非余子所及",又云:"梦窗奇思壮采,腾天潜渊,返南宋之清泚,为北宋之秾挚。"关于吴文英词之特色及成就,我以前写过一篇标题为"拆碎七宝楼台——谈梦窗词之现代观"的文稿(见《迦陵论词丛稿》),曾对之作过较详细的论述,以为吴词之往往予人以晦涩难解之印象,主要盖有二因:其一是在叙写方面往往以时间与空间作交错之杂糅;其二是在修辞方面往往但凭一己直觉之感受,再加之以喜欢运用生僻之典故,遂使一般读者骤读之不能体会其意旨之所在。但如果仔细加以研读,能寻得入门之途径,便可发现吴词在"雕缋满眼"的"晦涩""堆砌"的外表之内,是确实有一片"灵气存乎其间",而且"立意"之"高","取径"之"远",也是确实具有一份"奇思壮采"的。现在我们就将以这首《齐天乐》词为例证,来对吴文英词略加赏析。

这首词既是题为"与冯深居登禹陵",我们就当先对题目中的冯深居及禹陵略加说明。冯深居名去非,在南宋理宗宝祐年间曾为宗学谕,因为反对当时的权臣丁大全而被免官,与吴文英相交甚久。所以这首词中颇有言外之深慨,这是从冯氏之为人及其与吴文英之交谊而可以推知的。至于禹陵则为夏禹之陵,在浙江绍兴县南之会稽山。吴文英为四明人,是禹陵固正在其故乡附近之地。所以吴氏对禹陵所流传之古迹名胜,乃特别有一种亲切之感情,这也是可以理解的。何况夏禹王之忧民治水,在中国古代帝王中又是功绩最为卓伟、用力最为勤劳的一位。而南宋的理宗之世则任用权臣,国事日非,感今怀古,吴文英在与冯深居同登禹陵之际,自当有无限沧桑之深慨。所以一开端便以"三千年事残鸦外"七个字,把读者引向了一片远古苍茫之中。所谓"三千年"者,一则为历史年代之实据,盖自夏禹之世至南宋理宗之世,固已实有三千数百年之久。再则"三"字与"千"字之数目,在直感上亦足以予读者一种久远无穷之感。而"三千年"之下又加一个"事"字,则千古兴亡之史迹,乃大有触绪纷来之势矣。而又继之以"残鸦外"三个字,就"残鸦"而言,固当是登临时之所见。昔杜牧《登乐游原》诗有句云"长空澹澹孤鸟没,万古销沉向此中",此正为"残鸦"二字所予人之景象与感受。至于"外"字,则欧阳修《踏莎行》词有句云:"平芜尽处是春山,行人更在春山外。"就梦窗此词而言,则是残鸦踪影之没固已在长空澹澹之尽头,而三千年往事之销沉则更在此已消逝

说吴文英词一首 / 115

之残鸦影外,于是时间与空间,往古与今日乃于此七字中结成一片,以无际之荒远寥漠之感,向读者侵逼包笼而来。其所以弥深此无可追寻之荒远之感者,盖因梦窗当日曾抱有无限追怀之一念尔。然则梦窗当日所登临者何地?则禹陵也。所追怀者何人?则禹王也。是禹王固正有其可以引人怀思追念者在也。夫在夏禹当世,人民之所患者,厥唯洪水猛兽而已;而禹王之所致力者,即正在消灭此一人类之大患。而人世之战乱流离,忧患苦难,乃有千百倍于当年之洪水猛兽者。然则今日之世,岂复能更有一人,如当日禹王之具有拯拔人类、消灭大患之宏愿伟力者乎?此正梦窗之所以望残鸦而追怀三千年之往事者也。

然而禹王不复作,前功不可寻,所见者唯残鸦影没,天地苍茫,则何地可为托身之所乎?故继之则云:"无言倦凭秋树。"《论语》有之云:"予欲无言。"又曰:"夫复何言。"其所以"无言"者,正自有无穷不忍明言、不能尽言之痛也。然则今日之登临,于追怀感慨之余,其所能为者,亦唯"倦凭秋树"而已。此处着一"倦"字,其疲倦之感,自可由登临之劳倦而来,此杨铁夫《笺释》之所以云:"次句落到'登'字也。"然而此句紧承于首句"三千年事"之下,则其所负荷者,固隐然亦正有千古人类于此忧患劳生中所感受之茶然疲役之悲在也。是则于此心身交瘁之余，岂不欲得一依倚栖傍之所？而其所凭倚者，则唯有此一萧瑟凋零之秋树而已。人生至此，更复何言，故曰"无言"也。其下继云"逝水移川"，则东流之逝水，其水道固已几经迁移；曰"高陵变谷"，则耸拔之高山乃竟沦为深谷。是禹王之宏愿伟力，虽有足以使千百世下仰若神人者，然而其当年孜孜矻矻所疏凿，欲以垂悠悠万世之功者，其往迹乃竟谷变川移一毫而不可识矣，故曰"那识当时神禹"也。三千年事，无限沧桑，而河清难俟，世变如斯，则梦窗之所慨者，又何止逝水、高陵而已哉。

以下陡接"幽云怪雨。翠萍湿空梁，夜深飞去"三句，貌观之，此等句固正不免于"雕缋满眼""堆垛""晦涩"之讥，盖以在此数句中之"翠萍湿空梁"一句，极难索解也。夫"梁"者，固当为禹庙之梁。据《大明一统志·绍兴府志》载云："禹庙在会稽山禹陵侧。"又云："梅梁，在禹庙。梁时修庙，忽风雨飘一梁至，乃梅梁也。"又引《四明图经》："鄞县大梅山顶有梅木，伐为会稽禹庙之梁。张僧繇画龙于其上，夜或风雨，飞入镜湖与龙斗。后人见梁上水淋漓，始骇异之，以铁索锁于柱。然今所存乃他木，犹绊以铁索，存故事耳。"（按：《尔雅·释木》："梅，楠。"郝懿行《义疏》云："梅或作楳……《诗正义》引孙炎曰：'荆州曰梅，扬州曰楠。'《一切经音义》二十一引樊光云：'荆州曰梅，扬州曰楠，益州曰赤楩，叶似豫樟，无子也。'……盖皆以梅楠为大木，非酸果之梅。"今所传梅梁，或当为楠木之属）夫禹庙既在禹陵侧，则梦窗当日登临足迹之所至，或瞻望之所及，必曾及于此庙，所可断言者也。至于禹庙之梅梁及张僧繇画龙于风雨中飞去之说，则以生为四明人之梦窗，必当极熟悉于此种种有关四明之神话及传说，故此词乃有"幽云怪雨。翠萍湿空梁，夜深飞去"之言。"萍"字原与"萍"字相通，然而"萍"乃水中植物，梁上何得有"萍"？及见《大明一统志》及《四明图经》所载，然后乃知此句必非泛指，原来禹庙之梁乃有如许神怪之传闻在也。则另一最可能之解释，当为梁上果然有水中之萍藻，而此萍藻则为飞入镜湖之梁上之神龙所沾带之镜湖之萍藻。然而此一说法必须有充足之根据始得成立。盖以就中国诗词中一般用事之习惯而言，皆必须谨守本事，不可妄自增改。据《大明一统志》及《四明图经》所载，则此神话之传闻中并无梁上有萍藻之记载，是则梦窗不得于此妄以"萍"字为指梁间有镜湖之萍藻，读者更不得以个人之想象谓禹庙之梁间竟有镜湖之萍藻，这正是此句词之难于索解之故。其后我在美国哈佛大学燕京图书馆中查得一极珍贵之资料，即嘉庆戊辰重镌采鞠轩藏版之陆游序本南宋嘉泰《会稽志》，其卷六《禹庙》一条竟载有禹庙梁上有水草之记载，云："禹庙在县东南一十二里……梁时修庙，唯欠一梁，俄风雨大至，湖中得一木，取以为梁，即梅梁也。夜或大雷雨，梁辄失去，比复归，水草被其上，人以为神，縻以大铁绳，然犹时一失之。"此条所叙，《大明一统志》《大清一统志》、康熙《会稽志》并皆不载，然而欲以梁上有水草说此词，则必须得此一根据方为可信。然而嘉泰《会稽志》则又不载张僧繇画龙事，故必须以嘉泰《会稽志》与《四明图经》合看，然后方知梦窗此词之"翠蒜湿空梁，夜深飞去"数语乃真可谓无一字无来历矣。是此数句，乃正写禹庙梁上神龙于风雨中"飞入镜湖与龙斗"，"比复归，水草被其上"之一段神话传闻也。而梦窗之用字造句，则极恍惚幽怪之能事。盖"翠蒜湿空梁"一句，原当为神梁化龙飞返以后之现象，而次句"夜深飞去"方为此现象发生之原因，是神梁先飞去入镜湖与龙斗，飞返时始有湖中水藻沾带于梁上也；而梦窗却将时间因果颠倒，先置"翠蒜湿空梁"一句突兀怪异之现象于前，又用一不常见之"蒜"字以代习用之"萍"字。夫"蒜"与"萍"二字虽通用，然而一则用险僻之字始更增幽怪之感，再则"蒜"字又可使人联想及于《楚辞·天问》之"蒜号起雨"一句，乃大有"幽云怪雨"一时惊起之意。疆村先生于梦窗词校勘最精,且曾获观明万历年间太原张廷璋氏旧钞本,其校本之独取"莽"字,自非无见。总之,此三句所予人之一片恍惚幽怪之感及渺茫怀古之思,固极为真切鲜明。读者正可自此数句中对此充满神话色彩之古庙生无穷之想象。盖梦窗之词所予人者,往往但重感受,而不重说明,神理意味极活泼而深切,唯不作明言确指耳。此正诋梦窗者之所以讥之为晦涩,誉梦窗者之所以称其词为"天光云影,摇荡绿波,抚玩无斁,追寻已远"者也。

后二句,则又就眼前景物寄慨。曰"雁起青天",形象色彩均极鲜明,知此景必为白日而非黑夜所见,然后知前三句"夜深"云云者,全为作者凭空想象凭吊之言,并非实有也。此正前二句之运笔之所以出之以如许幻变神奇之故。而此句"雁起青天"四字,乃又就眼前景物以兴发无限今古苍茫之慨,故继之云"数行书似旧藏处"也。据《大明一统志·绍兴府志》载:"石匮山,在府城东南一十五里,山形如匮。相传禹治水毕,藏书于此。"又《大清一统志·绍兴府志》载:"宛委山,在会稽县东南十五里,会稽山东三里。上有石匮,壁立干云,升者累梯而上。《十道志》:'石匮山,一名宛委,一名玉笥,一名天柱,昔禹得金简玉字于此。'《遁甲开山图》云：'禹治水，至会稽，宿衡岭。宛委之神奏玉匮书十二卷，禹开之，得赤珪如日，碧珪如月，是也。'"是会稽之宛委石匮山，固旧传有藏书之说；虽然所传者有夏禹于此得书或于此藏书二说之不同，然而要之此地之传有藏书则一也。然而远古荒忽，传闻悠邈，唯于青天雁起之处，想象其藏书之地耳。而雁行之飞，其排列又正有如书上之文字，此在梦窗《高阳台·丰乐楼》一词中，即有"山色谁题，楼前有雁斜书"之句可以为证。是则三千年前当日所传之藏书固已渺不可寻；今日所见者，唯青天外之斜飞雁阵仿佛犹作当年书中之文字而已。时移世往，辽阔苍茫，无限沧桑之慨，正与开端"三千年事残鸦外"及"那识当时神禹"诸句遥遥相应，而予读者以无穷怅惘追寻之深痛。以上前半阕全以"登禹陵"之所慨为主。

后半阕"寂寥西窗久坐，故人悭会遇，同剪灯语"，始写入冯深居，呼应题面"与冯深居"四字。以章法言，固属用笔周至；而以意境言，则以下数句，乃合三千余年历史沧桑之感，与个人一己离合今昔之悲，融为一体，错综并举，而与前半阕之登临遥遥相应，于是而冯深居遂与吴梦窗同在此登临之深慨之中，而三千年往事乃亦倏然而来至此西窗灯下矣。此三句词，乃用李义山《夜雨寄北》"何当共剪西窗烛，却话巴山夜雨时"之诗句,自无可疑。夫西窗剪烛共话,原当为何等温馨之人事,而梦窗乃于开端即以"寂寥"二字,又接以"久坐"二字,其所以久坐不寐之故,正缘于此一片寂寥之感耳。昔杜甫《羌村》诗有句云:"夜阑更秉烛,相对如梦寐。"其《赠卫八处士》又有句云:"人生不相见,动如参与商。今夕复何夕?共此灯烛光。少壮能几时?鬓发各已苍。"其如梦、参商之感,其少壮几时之悲,正皆为足以令人兴寂寥之感者也。故梦窗于"寂寥西窗久坐"之下,乃接云"故人慳会遇,同剪灯语",此情此景,岂非与杜诗所云"人生不相见"及"夜阑更秉烛"之情景,正复相似乎?此三句,一气贯下,全写寂寥人世、今昔离别之悲。

以下陡接"积藓残碑,零圭断璧,重拂人间尘土"三句,初观之,此三句似与前三句全然不相衔接,然而此种常人以为晦涩不通之处,实正为梦窗词之特色所在。盖梦窗词往往但以感性为其连贯之脉络,而极难以理性为明白之界划及说明。此种特色原为长于触发及联想之一类诗人之所独具。此词"积藓残碑,零圭断璧"诸句,一方面固全就感性抒写,予人以一片时空错综之感;一方面则又以灵气运转,使无数故实翩翩起舞生姿。兹就其所用之故实而言,所谓"积藓残碑"者,杨铁夫《笺释》以为"碑指窆石言",引《金石萃编》云:"禹葬会稽,取石为窆石,石本无字,高五尺,形如秤锤,盖禹葬时下棺之丰碑。"据《大明一统志·绍兴府志》载:"窆石,在禹陵。旧经云:禹葬会稽山,取此石为窆,上有古隶,不可读,今以亭显之。"知杨氏《笺释》以碑指窆石之说为可信。昔李白《襄阳歌》云:"君不见晋朝羊公一片古碑材,龟头剥落生莓苔。"自晋之羊祜迄唐之李白,不过四百余年而已,而太白所见羊公碑下之石龟,则固已剥落而生莓苔矣。然则自夏禹以迄于梦窗,其为时既已有三千余年之久,则其窆石之早已霉苔满布,断裂斑剥,固属事之当然者矣。着一"积"字,足见苔藓之厚,令人慨历年之久;着一"残"字,又足见其圮毁之甚,令人兴览物之悲。而其发人悲慨者,尚不仅此也,因又继之以"零圭断璧"云云。前释"数行书似旧藏处"一句时,已曾引《大清一统志》,知有"宛委之神奏玉匮书十二卷……得赤珪如日,碧珪如月"之说。又据《大明一统志》载:"宋绍兴间,庙前一夕忽光焰闪烁,即其处劚之,得古珪璧佩环藏于庙。然今所存,非其真矣。"按"珪"古"圭"字,是关于夏禹之陵庙既早有圭璧之传说,而在南宋当时,或者庙藏之中果然亦尚留有圭璧之遗物。夫圭璧者,原为古代侯王朝会祭祀之所用,而今着一"零"字,着一"断"字,则零落断裂,无限荒凉,然则禹王之功绩无寻,英灵何在?徒只古物残存,供人凭吊而已。故继之云:"重拂人间尘土。"于是前所举之积藓之残碑,与夫零断之圭璧乃尽在梦窗亲手摩挲拂拭之凭吊中矣。"拂"字上更着一"重"字,有无限低回往复多情凭吊之意,其满腹怀思,一腔深慨,固已尽在言外。

然而此句之尤妙者,则在梦窗于前半阕自"三千年事"迄"旧藏处",全写日间登临之所见、所感;后半阕开端"寂寥西窗久坐"三句,则全写夜间故人灯下之晤对;然后陡接"积藓残碑"三句,又回至日间之登临。全不作层次分明之叙述与交代。于是,忽而为西窗之剪灯共语,忽而为禹庙之断壁残碑;忽而为黑夜,忽而为白昼;忽而为人事之离合,忽而为历史之今古。而梦窗之所以不为之作明白之划分者,正缘在梦窗之感觉中,此时空之隔阂固早经泯减而融为一体矣。盖残碑断壁之实物,虽在白昼登临之陵庙之上,而残碑断壁之哀感,则正在深宵共语者之深心之内也。夫以"悭"于"会遇"之故人,于"剪灯"夜"语"之际,念及年华之不返、往事之难寻,其心中固已早有此一份类似断壁残碑之哀感在也。故其下乃接云:"重拂人间尘土。""尘土"而曰"人间"者,正以其并不但指物质上之尘土而已,同时乃兼指人事间之种种尘劳之污染而言者也。夫人之一生,固曾有多少往事、多少旧梦、多少理想与热情,然而年去岁来,尘劳污染,乃渐渐磨损消亡,于今在记忆之中,亦不过一一皆如尘封之断璧残碑而已。而当故人话旧之际,此久经尘埋之种种,乃复依稀重现;然则岂非剪灯共语之际,亦复正即为拂拭尘土之时?是则"积藓残碑"三句,虽为日间登临之所见,然实亦为夜语时心中之所感。此正所以梦窗乃以此三句陡接上三句,而全不作划分说明之故。于是乎一己之人事,乃因此而融会于三千年历史之中,而更加深广;而三千年之历史,亦因其融会于一己人事之中,而更加切近。此种时空交糅之写法,正为梦窗特长之所在,未可遽以晦涩目之也。

其后"霜红罢舞。漫山色青青,雾朝烟暮"三句,又以飞扬之笔,另开出一新境界。自情事之中跳出,别从景物着笔,而以"霜红"句,隐隐与开端次句之"秋树"相呼应。然此三句之妙,尚不仅在其承转呼应之陡峻灵活而已,而更在其意境所包笼之深远高妙。昔东坡《赤壁赋》有云:"自其变者而观之,则天地曾不能以一瞬;自其不变者而观之,则物与我皆无尽也。"梦窗此二句之意境,实与之大为相似。然而东坡仍只是理性之说明,而梦窗则全为意象之表现。"霜红罢舞",其变者也;"山色青青",其不变者也。彼经霜之叶,其生命固已无多,竟仍能饰以红之色、弄以舞之姿;唯此红而舞者，亦何能更为久长，瞬临罢舞之时，是则虽有无限流连爱恋之意，而亦终归于空灭无有而已。故曰："霜红罢舞。"此一无常变灭之悲，而梦窗竟写得如此哀艳凄迷。又继之云"漫山色青青，雾朝烟暮"，则其不变者也。是无论其为雾之晨，为烟之夕，而此青青之山色，则亘古不变者也。又于其上着一"漫"字，"漫"字有任随、枉自之口气，其意若谓霜红罢舞之后，唯有任随山色之枉自青青于雾朝烟暮之中而已。逝者已矣，而人世长存，其间原已有无穷今古沧桑之感；而此二句，乃又正为禹陵所见之景色，而此景色又并不限于登临时当日之所见而已。霜红有一朝罢舞之时，山色无改其青青之日，其情意之深广，乃有包容千古兴亡之悲，而又跃出于千古兴亡之外之感。梦窗运笔之妙、托意之远，于此可见。

结二句"岸锁春船，画旗喧赛鼓"，初观之，亦不免有突兀之感。盖前此所言，如"秋树"，如"霜红"，明明皆为秋日之景色，而此句竟然于承接时突然着一"春"字，若此等处，唯大作者始能不为硁硁琐琐但知拘守之小家态，而后能有此腾跃笼罩之笔。如杜甫之《秋兴》八首，前七首皆从秋景着笔，而于第八首乃突然涌现一"佳人拾翠春相问"之句，翁方纲评杜甫此句曾有"神光离合……一弹三叹"之言。梦窗此句之妙，庶几近之。盖开端之"倦凭秋树"，乃是当日之实景；至于"霜红罢舞"，则已不仅当日之所见而已，而乃包容秋季之全部变化于其中；至于"山色青青"，则更于其中透出暮往朝来、时移节替之意。于是而秋去冬来，于是而冬残春至，则千年春日之时，于此山前当可见岸锁舟船，处处有画旗之招展，时时闻赛鼓之喧哗。然则此何事也？据《绍兴府志·祠祀志》载："禹庙之建，起于无余祀禹之日。《吴越春秋》：'无余从民所居。春秋祀禹于会稽。'……宋（太祖）建隆二年，诏先代帝王陵寝令所属州县遣近户守视，其陵墓有堕毁者亦加修葺。（太祖）乾德四年，诏吴越立禹庙于会稽，置守陵五户，长吏春秋奉祀。（高宗）绍兴元年，诏祀禹于越州。（光宗）绍熙三年十月，修大禹陵庙。"又《大清一统志·绍兴府志·大禹庙》载："宋元以来，皆祀禹于此。"然则此词之"画旗"、"赛鼓"，必当指祀禹之祭神赛会也。盖我国旧称祭神之会曰赛会，而于赛会中多有击鼓杂戏之表演，故曰"画旗喧赛鼓"。"画旗"，当指舟船仪仗之盛；"喧"字，当指"赛鼓"之喧哗。然而梦窗乃将原属于"鼓"字之动词"喧"字置于"画旗"二字之下，作"画旗"与"赛鼓"中间一联系结合之字面，则画旗招展于喧哗之赛鼓声中，乃弥增其盛美之感，旗之色与鼓之声遂结合而为一矣。

说吴文英词一首 / 127

而至于必曰"岸锁春船"者，虽然据《大清一统志》所载，历代之祀禹多有春、秋二次之祠祀，然而一则可能今岁秋祠之期已过，则继之而来者自当为明岁之春祠，故曰"春船"。此最浅拙之解释也。而且根据嘉泰《会稽志》卷十三《节序》条记载云："三月五日，俗传禹生之日，禹庙游人最盛。无贫富贵贱倾城俱出，士民皆乘画舫，丹垩鲜明，酒樽食具甚盛，宾主列坐，前设歌舞。小民尤相矜尚，虽非富饶，亦终岁储蓄以为下湖之行。"（原注：下湖，盖乡语也）是则年年春日禹庙前歌舞赛会之盛，犹可想见。此正所以上一句"岸锁春船"之必着一"春"字也。再则，此词通首以秋日为主，其情调全属于寥落凄凉之感，曰"残鸦"，曰"秋树"，曰"寂寥"，曰"霜红"，今于结尾之处突然着一"春"字，而且以"旗""鼓"之美盛喧哗，为全篇寥落凄凉之反衬，余波荡漾，用笔悠闲，一若果然可以春日之美盛移代而忘怀此秋日之凄凉者。然而细味词意，则前所云"雾朝烟暮"句，已有无限节序推移之意，则春日之美盛岂不仍复有归于秋日凄凉之时，则此处之一"春"字，梦窗固于其中隐有无限盛衰更迭之感也。聊且更有言者，则今年于"秋树""霜红"之时，梦窗固曾来此登临凭吊，然而明年春日之时，纵有旗鼓之盛，而此日登临之梦窗乃或者竟不知何往矣。故而荡开笔墨，遥遥着一"春"字，无限哀戚尽寄托于遥想之中，则年去岁来，春秋代序，此盛衰今古之悲乃层出而不穷，因之梦窗之所慨乃亦不限于此一日之登临而已矣。夫禹王不作，往迹难寻，而人世之陵夷迁替，乃正复如春秋节序之无常。此二句出语极闲远，一若悠然有忘愁之意，然而含义则极深切，足以包笼历史与人事种种之盛衰成败于其中。昔周济《介存斋论词杂著》称梦窗词云："意思甚感慨，而寄情闲散，使人不易测其中之所有。"观夫此词之结尾二句，其信然矣。

说王沂孙词二首

天香 龙涎香

孤峤蟠烟,层涛蜕月,骊宫夜采铅水。汛远槎风,梦深薇露,化作断魂心字。红瓷候火,还乍识、冰环玉指。一缕萦帘翠影,依稀海天云气。　　几回殢娇半醉。剪春灯、夜寒花碎。更好故溪飞雪,小窗深闭。荀令如今顿老,总忘却、樽前旧风味。谩惜余薰,空篝素被。

这是王沂孙的一首极为著名的词,收录在他的词集《花外集》中,编录为第一首。所咏的是"龙涎香",当然是一首咏物的词。关于咏物词之发展,此处不暇详论。不过王沂孙写作这一首咏物词的历史背景,却与我们评赏这一首词有很密切的关系,因此我们在评赏此词之前,就不得不先对其写作背景略加以介绍。王沂孙大约生于南宋理宗之世（据夏承焘《唐宋词人年谱》），正史无传，其所赖以传世者，不过仅有六十余首小词而已。当南宋灭亡时，王沂孙大约只有三十多岁，而他的故乡会稽又距离南宋之都城临安很近，所以王沂孙实在是一个曾经身历亡国之痛的南宋的末代词人。而在南宋灭亡后，元朝初年有一个总管江南浮屠的胡僧名杨琏真伽者，曾经盗发在会稽的南宋诸帝后之陵墓。据云当时理宗之尸，启棺如生，或谓含珠有夜明者，发墓者遂倒悬其尸树间，沥取水银，如此三日夜，竟失其首。其余惨状不及备述，而遗骨则委弃于草莽之间。有义士名唐珏者，闻而悲愤，遂与友人林德旸邀集里中少年，收诸帝后遗骸共葬之（可参看陶宗仪《辍耕录》之《发宋陵寝》一则及周密《癸辛杂识》中《杨髡发陵》一则之记述）。其后唐珏与王沂孙以及其他一些词人，如周密、张炎、陈恕可、仇远等共十四人，曾经结社填词，分咏"龙涎香""白莲""莼""蝉""蟹"等五题，藉咏物之词以寄托遗民亡国之痛，结集为《乐府补题》，共收录了三十七首词。王沂孙的这首词被编录为《乐府补题》中的第一首，也足见他这首词之受人推重之一斑了。其后清代的端木埰曾经对于此词之托意作过一些猜测的解说（见王鹏运四印斋所刻《花外集》附录）。不过端木埰之说，有时不免过于穿凿比附，并不可尽信。而近世一些编撰词选及古代文学史的人,则又常指其为晦涩难解。我们现在将先就其艺术特色略加介绍,再从其艺术效果所予人的感发联想,对其所喻托的故国之思略加阐述。至于对王沂孙词整体的评价,则我以前曾写过《碧山词析论》一文,已收入《迦陵论词丛稿》之中,读者可以参看,就不在此赘述了。

这首词之所以使一般读者觉得晦涩难解,第一是因为我们对龙涎香的产地、性质、制造和焚爇的过程通常都一无所知,第二是因为碧山对这种名贵的龙涎香又有着他自己锐敏而且独特的感受和想象,因而使人觉得对于词中的一些意象和修辞难以理解。现在就让我们对龙涎香先作一个简单的介绍。据《岭南杂记》的记载云:"龙涎于香品中最贵重,出大食国西海之中,上有云气罩护,则下有龙蟠洋中大石,卧而吐涎,漂浮水面,为太阳所烁,凝结而坚,轻若浮石,用以和众香,焚之,能聚香烟,缕缕不散。"又云:"鲛人采之,以为至宝,新者色白……入香焚之,则翠烟浮空,结而不散。"其实所谓龙涎香者,盖为海洋中抹香鲸之肠内分泌物,并非龙吐涎之所化。据《辞海》所载,抹香鲸为海上鲸鱼之一种,有长达五六丈者,鼻孔位于头上,常露出水面喷水,大概这就是其所以被人想象为龙,而且传说其上常有云气罩护的缘故。碧山此词开端三句"孤峤蟠烟，层涛蜕月，骊宫夜采铅水"，便是叙写诗人对于龙涎所产之情景的想象。"孤峤"实在指的就是传说中龙所蟠伏的海洋中大块的礁石，而曰"孤"、曰"峤"，便立刻使读者对其所写之地增加了无数孤绝而奇幻的想象。至于"蟠烟"二字所写的蟠绕的云烟，当然指的就是传说中之所谓"上有雾气罩护"，而碧山在"烟"字上用一"蟠"字，便使人又觉得"孤峤"上的云烟不仅是在其上萦浮罩护而已，更可以由"蟠"字的"虫"字边而想到龙蛇之类的"蟠"伏。短短的四个字，碧山已写出了他对于龙涎之产地，也就是蟠龙所居之海峤的无穷奇妙的想象。次句"层涛蜕月"，则是写鲛人至海上采取龙涎时之夜景。碧山又用了一个"蜕"字，也有着"虫"字边，同样可使人联想到龙蛇之类的动物，盖月光在层涛中的闪动，正如同自层层波浪的蜕退中吐涌而出，而层层波浪之蜕退，又正似龙蛇之类鳞甲的蜕退。此一"蜕"字，初看起来虽似觉颇为生涩，然而其实却既紧扣住了题目中的"龙涎"所引起的对于"龙"之联想，也真切地写出了层涛浮动的海上月光闪动的情景，是用得极奇妙而又极为恰当真切的一个字。而且此一"蜕"字，正好与上一句的"蟠"字遥遥相对，在文法上造成了极工整的一联偶句，同样强烈地暗示着对于神话中所传说的"龙"之想象。直到下面的一个单句"骊宫夜采铅水",碧山才加以较为叙述性的说明。"骊"字盖指骊龙而言,"骊宫"谓骊龙所居之地,遥应首句"蟠烟"的"孤峤"。"夜"字指鲛人采取龙涎之时间,遥应次句的"层涛蜕月"之夜色。然后继之以"采铅水",才正式点明采取龙涎之事。而且用"铅水"以代龙涎,为读者提供了极为多义的暗示:其一,龙涎原非纯水,而是含有可以凝结为浮石之物质的一种液体,故曰"铅水";其二,"铅"字又可使人联想到"丹铅"、"铅粉"等物,既可暗示其白色,又可暗示其香气,且暗藏神话中采炼铅丹之想;其三,唐代诗人李贺之《金铜仙人辞汉歌》,曾有"忆君清泪如铅水"之句,李诗原藉汉宫中金人承露盘被魏人移去之事寓写盛衰兴亡之感,碧山用于此句中,则既可暗示龙涎被鲛人采去永离其旧所依附之"骊宫",也可暗寓碧山对故国之怀念。像这种丰富的联想和暗示,正是碧山词的一大特色。至于就章法结构而言,则从首句"孤峤"之写地,次句"蜕月"之写夜,至此句"采铅水"之写事,为一大顿挫。

龙涎既已被采离"骊宫",于是次一句之"汛远槎风"便写其相去之已远。"汛"字为潮汛之意;"槎"字则用张华《博物志》"有人居海上,年年八月见浮槎去来不失期"的故事,暗指鲛人乘槎至海上采取龙涎,随风趁潮而远去，于是此被采之龙涎遂永离故居不复得返矣。继之以"梦深薇露"，则是接写此龙涎被采去以后之遭遇。"薇露"盖指蔷薇水而言。据宋代陈敬所撰之《香谱》所载，于《蔷薇水》一则下云："大食国花露也……以之洒衣，衣敝而香不灭。"而且蔷薇水又正为制造龙涎香时所需要的一种重要香料，也就是前引《岭南杂记》中所云"用以和众香"中之一种，据《香谱》云制龙涎香时须取龙涎与蔷薇水共同研和。然则此远离故土之龙涎当其在"薇露"之香气中共同研碾之时，对其过去之一切自当有无限之怀思，对其未来之一切亦当有无穷之梦想，故曰"梦深薇露"也。碧山既将龙涎视为如此有情之物，于是此有情之龙涎遂于经过一番研碾之后化而为"断魂"之"心字"矣。"心字"原来正是一种篆香的形状，明杨慎《词品》即曾载云："所谓心字香者，以香末萦篆成心字也。"南宋的另一位词人蒋捷，在其《一剪梅》词中，即曾有"心字香烧"之语。南宋的名诗人杨万里在《谢胡子远郎中惠蒲太韶墨报以龙涎香》一诗中也曾有"遂以龙涎心字香，为君兴云绕明窗"之句，可见"心字"原为龙涎香被制成之后所可能实有之形状，只是碧山在"心字"前又加了"断魂"二字，则此"心字"便不仅是写实而已，且更象喻着有情之龙涎化为"心字"之形状以后的凄断的心魂了。自"汛远槎风"之遥远的追忆，经过"梦深薇露"之磨碾的相思，到"化作""心字"的凄断的心魂，碧山又以其丰富的想象、深锐的感受，在同样的两个偶句、一个单句的形式中，表现了情意方面的又一段章法的顿挫。

以下"红瓷候火，还乍识、冰环玉指。一缕萦帘翠影，依稀海天云气"，则写龙涎被焙制成的各种形状和被焚爇时的情景。据《香谱》所载，龙涎香之制，须用"慢火焙，稍干带润，入瓷盒窨"。"红瓷"当即指存放龙涎香之红色的瓷盒。"候火"则当指焙制时所需等候的适当之慢火。至于"冰环玉指"则当指龙涎香制成之形状，即《香谱》所载"造作花子佩香及香环之类"。当时与碧山同赋龙涎香的词人，如周密即曾有"宝玦佩环争巧"之句，唐艺孙亦有"金猊旋翻纤指"之句，其所谓"佩环""纤指"便都是指被制成之龙涎香的各种形状。只不过周密和唐艺孙所写的都只是毫无感情的物之形状，虽极精巧却并不能使人动情。而碧山却把"冰环"与"玉指"连言，则恍如写女子之纤手玉环，遂使读者顿生无数多情之想象。何况前面还有着"乍识"二字，仿佛真有着初睹佳人之惊喜，层层幻出，极意以有情的笔法写出了龙涎香之珍贵难得及其形状之精美，而且由"乍识"二字引出了与龙涎香相对之人，为后半阕之写人事也预先埋下了伏笔。这是碧山又一个章法的安排。于是继之以"一缕萦帘翠影,依稀海天云气",才归结到龙涎香之开始被焚爇。这两句不仅真切地写出了龙涎香被焚时"翠烟浮空,结而不散"的实在的情景,而且更在帘前一缕翠影的萦回中,暗示了多少虽然经过磨碾焚烧而依然难以销毁的缱绻的相思,更在海天云气的依稀想象中,暗示了多少对当年海上的"孤峤蟠烟"的怀念。于是就在这一缕香烟的萦回缥缈中,碧山把对于龙涎香的叙写,从采取、制造到焚爇,作了一个总结的大停顿。

下半阕从"几回殢娇半醉"到"小窗深闭",碧山则荡开笔墨,不再作对于龙涎香本身的叙写,而开始回忆起当年在焚香之背景中的一些可怀念的情事来。曰"几回",便已是怀想之辞,谓当年曾有"几回"也。"殢娇半醉"的"殢"字原为慵倦之意,此句写半醉时的娇慵之态,从叙写之口吻来看,自当为男子眼中所见女子之情态,然而碧山却只以客观之笔墨叙写所见之人,而并未及于男女感情之一字,因为碧山此词的主题,原在写"香"而并非写"人",与其说焚香为当时人事之背景,毋宁说人事为焚香时情景之衬托。继之以下一句的"剪春灯、夜寒花碎",仍以客观之笔接写女子之动作。质言之,原不过写一女子之剪灯花而已,然而"灯"则曰"春","花"则曰"碎",便显出了无限娇柔旖旎之情调，衬以中间的"夜寒"二字，则以窗外之寒冷反衬窗内之温馨。故继之乃云"更好故溪飞雪，小窗深闭"，便正是写在窗外的严寒飞雪的反衬下，才更显得在"深闭"的"小窗"中"殢娇半醉"之人的"剪春灯"之情事之为"更好"也。曰"故溪"，可见此原为当日故园家居时所经常享有之情事，又遥遥与前面的"几回"相呼应。不过，碧山之所谓"更好"者，实在并不仅是在窗内剪灯之温馨的情事而已；他所谓"更好"者，实在乃是焚香在"小窗深闭"之中方为"更好"也。因为龙涎香之所以可贵，原在其有着一种"翠烟浮空，结而不散"的特质，《香谱》中载龙涎香的焚爇，即曾云当在"密室无风处"。可见此一段表面虽是写人事，而句句意中却都有龙涎香在，于是龙涎香遂在碧山笔下与往昔可怀恋之生活整个融为一体。作者此种用心，读者固不可不察，而在章法上，此一节之铺叙亦自为一大段落。

其后继之以"荀令如今顿老，总忘却、樽前旧风味"二句，则是一段突然的反接，把前面所着意描写的焚香、剪灯等温馨旖旎的情事，蓦然一笔扫空，有无限悲欢今昔之感在于言外。"荀令"指的是三国时代曾做过尚书令的荀彧，据习凿齿《襄阳记》所载云："荀令君至人家坐幕，三日香气不歇。"李商隐诗也曾有"荀令香炉可待薰"（《牡丹》）

及"桥南荀令过,十里送衣香"(《韩翃舍人即事》)之句,可见"荀令"原以喜爱熏香著名。今碧山词云"荀令如今顿老,总忘却、樽前旧风味",正谓如今之荀令已经老去,无复当年爱熏香之风情况味矣。"老"字前着一"顿"字,便写得光阴之消逝、年华之老去恍如石火、电光之疾速。又着以"樽前"二字,则正与前面之"殢娇半醉"相呼应,可见其温馨如彼之往事,固久已长逝无回,甚至在记忆中也难于追忆了,故曰"总忘却"也。然而从前面的叙写看来,则往事分明仍在心目,又如何便能遽尔"忘却",可知此"总忘却"三字中,固有无穷之哀感在也。故继之以"谩惜余薰,空篝素被"八个字,写出了无限往事虽空而旧情难已的悲慨。"篝"字指的是熏香用的熏笼,古人往往焚香于笼中,而置衣被等物于其上熏之。如今既已不复有熏香之事,是"篝"内已"空"矣,而犹张"素被"于其上,明知其无益而仍复之者,则正因为对当日所残留的一缕香气之难以忘怀也。然而此"余薰"虽然尚在,而往事则毕竟难回,故曰"谩惜余薰"也。"谩"字通"漫",徒然无益之意;"惜"者,爱恋而珍惜之也。碧山此词,于结尾之处,对于一种难以挽回的长逝的悲哀,写得低回婉转、怅惘无穷,所写的主题虽然只是无生命、无感情的龙涎香,而且借用了许多典故来作为铺陈的资料，可是透过作者的感觉和想象以及组织和安排，却使"人"与"物"交感相生，把所咏之"物"生动地化为了有情。这种表现的技巧，是极为值得重视的。

以上我们对于这首词的"咏物"的一方面已作了详细的讨论，其次我们所要讨论的当然就是其中"托意"的问题了。我以前在《常州词派比兴寄托之说的新检讨》一文中，曾经提出过："即使是对于确有寄托的词，如果在解说时采取字比句附妄加指实的态度，也是难以使人完全信服的。"所以我对于碧山这首词，就也绝不愿像过去说诗一样逐句去猜测。不过，从我们在前面所讨论过的碧山之时代、身世以及《乐府补题》中一些咏物词的写作背景来看，这首词之有寄托之意，又确实是极有可能的。因此，我们所能做的，实在只该是就当时碧山之遭际来设想：当他在写这首词时，所可能引起的究竟是些怎样的情意呢？首先从题目的"龙涎香"来看，这种香料既相传为龙口中所吐之涎，其所可能引起的第一个联想，实在就是当时理宗之尸于被掘出后曾经为盗墓者倒悬于树间以沥取水银之事。因此，碧山词中的"骊宫夜采铅水"一句，除了表面所写的鲛人至龙宫中采取龙涎之事，便也可能有着理宗被人沥取水银并采取其口中含珠之联想，因为《庄子》中既早有"探骊得珠"之说，而且以龙来象喻帝王也原为中国古老之传统。不过,这种提示也只是说碧山当日或者可能有此一联想而已,读者却绝不可也绝不必依此一联想而去作逐句的推寻。再则,据夏承焘《乐府补题考》之考证,南宋诸陵之被掘,盖在元世祖之至元十五年,当时陆秀夫正拥立帝昺于海上之厓山,次年便负帝蹈海而死。《补题》诸词当亦作于发陵之次年,因此,碧山此词中"孤峤""槎风""海天云气"等叙写,便也未始不可能暗中寓写了作者对厓山覆亡的一份怀思哀悼之情。至于此词后半阕所写的"殢娇半醉"等生活情事,表面上自然只是写作者自己对往事的追怀,然而这种今昔悲欢之慨,却也未始不可以有自个人而推及国事之更广的联想。据史书所载,南宋直到覆亡之前的不久,朝廷上下还耽溺在苟且的宴安享乐之中,因此,碧山在这首词中对往事的追怀,便也正反映了当时一般士大夫之习于宴安的生活情态。而此词最后在结尾时所表现的哀思怅惘,当然便也正是亡国后士大夫的叹息呻吟,徒有"谩惜"之情,而无奈"篝"之已"空",往事也终于如被焚尽的香烟一样飘逝而不返了。

齐天乐　蝉

一襟余恨宫魂断,年年翠阴庭树。乍咽凉柯,还移暗叶，重把离愁深诉。西窗过雨。怪瑶佩流空，玉筝调柱。镜暗妆残，为谁娇鬓尚如许？　　铜仙铅泪似洗，叹移盘去远，难贮零露。病翼惊秋，枯形阅世，消得斜阳几度？余音更苦。甚独抱清高，顿成凄楚？谩想薰风，柳丝千万缕。

这首词在《乐府补题》中，于词调之下有一段短短的题序云："余闲书院拟赋蝉。""余闲书院"当然还是诸词人集会之所。至于此书院之主人，则夏承焘在《乐府补题考》中，以为乃王英孙。英孙为南宋少保王克谦之子，义士唐珏等皆其馆客，收葬六陵遗骸之事，出资主其事者实即王英孙。夏氏的考证似颇为可信。当时碧山在集会中所赋同题同调的词实在共有两首。不过在编辑的次第上，却并未被编列在一起。从词的内容来看，此两首词用辞和用意都有相近之处，似乎是同一题目的重赋，而二者并无相连贯的关系。这一首词的辞句在《花外集》中与在《乐府补题》中也微有不同。从这些迹象来看，碧山在写作此词时，似乎曾对之屡加修订，该是他一首极为精心结撰的作品。我们所抄录的是《四部备要》据四印斋本校刊的《花外集》的版本，是一般选本中最常见的版本。为了节省篇幅，我们不拟作详细的版本考订的工作，其有必须加以说明者，则将于以后分析此词时再予注明。现在就让我们先对于这首词来略作欣赏和解说的分析。

此词之开端与前所举之《天香》一词微有不同，《天香》一词之"孤峤蟠烟"先从与龙涎香有关之想象写起，此词之"一襟余恨宫魂断"则先从与蝉有关之典故写起。据《古今注》载云："牛亨问曰：'蝉名齐女者何？'答曰：'齐王后忿而死，尸变为蝉，登庭树嘒唳而鸣，王悔恨，故世名蝉曰齐女也。'"李商隐《韩翃舍人即事》诗即曾有"鸟应悲蜀帝，蝉是怨齐王"之句。可见此一则故实所予人的感受，原是表现人生之憾恨，其深切绵长有化为异物而依然难已者在，故曰"一襟余恨"也。"宫魂"，当然指的就是齐王后之魂。着一"断"字，既有悲哀使人断魂之意，也暗示了齐王后之魂魄在化为蝉的一段过程中的凄断飘零。继之以"年年翠阴庭树"，则是接写其化而为蝉以后之生活情事。从表面看来，此断魂所化之蝉，既年年得在庭树之翠阴中栖息，原该是一件可以欣慰的事。然而李商隐《蝉》诗即曾有"五更疏欲断，一树碧无情"之句，盖庭树无知，对于哀蝉之遗恨，固不能为任何之慰解也，因此无边之翠阴遂尽化而为无边之寂寞矣。于是下二句乃接写此哀蝉在寂寞无情之翠阴中呻吟和挣扎，或者"乍咽凉柯"，在寒冷的高枝上呜咽，或者"还移暗叶"，移身向

说王沂孙词二首

浓暗的枝叶下深藏。而无论其在凉柯之上或暗叶之中，总之余恨难已。追怀往事，空有离愁，故继之以"重把离愁深诉"也。曰"深诉"，曰"重把"，总之是极写其"离愁"之深切而且无有尽时。而"诉"字则也正是喻指着蝉的"嘒喋而鸣"。把蝉的生态和齐王后断魂的长恨，透过了想象和修辞作了完美的结合，这正是碧山的特长。而从开端到此句，自前生之余恨直写到今日之愁诉，是此词之第一个大段落。

下面"西窗过雨"一句，由大自然中一个小小的变化，引出了窗内之人对窗外之蝉的相对的想象。"过雨"之事，就蝉而言，自然是其生活中的一个打击和变故，而碧山则并不直接写此哀蝉在经过此一变故后的惊恐，却要藉着窗内之人的感觉来暗示蝉之被惊起，故曰："怪瑶佩流空，玉筝调柱。""瑶佩"和"玉筝"都是暗写蝉被惊起时振翅飞去的声音。"柱"指筝上的弦柱，"调柱"正谓蝉飞去之声如女子之调弄弦柱，"流空"则谓蝉翼相触摩之音正如女子佩玉之相敲击的声音自空中流过也。着一"怪"字则表示窗内之人在听到此种声音后之惊怪。而此种声音既被人想象为女子之"瑶佩""玉筝"矣，故下文乃继之以"镜暗妆残"，把蝉完全想象成了一个哀伤憔悴的女子。古人有"女为悦己者容"之说，如今则妆镜已因生尘而暗，人亦不复再妆饰为容，则女子之憔悴无欢可知。而下面碧山却突作反笔,接写了一句"为谁娇鬓尚如许",在章法上表现了一个极大的转折和回荡。盖此一女子虽然悲伤憔悴无意于容饰,而其头上之鬓发则有无待容饰而自然娇美者在,盖极写此女子丽质天成之难以弃毁。然而娇鬓虽美而赏爱无人,故以"为谁"二字问之。自前句之"妆残"承以此句之"娇鬓"是一种反跌,以问句出之,益增其荡漾回旋之致。碧山之以"娇鬓"写此女子之美,一方面当然是承接着前面的"瑶佩""玉筝"二句对女子之想象而来,而另一方面则其中实在更含有一则与蝉有关的典故。原来《古今注》曾载云"魏文帝宫人……有莫琼树,乃制蝉鬓,缥缈如蝉",原谓女子之一种发型如蝉翼的样子,于是后世遂有人以"玄鬓"为蝉之象喻,如骆宾王《在狱咏蝉》一诗,即曾有"那堪玄鬓影,来对白头吟"之句,便是以"玄鬓"来喻指蝉的。碧山此句明明是用此一故实,然而却与前面对女子之联想完全打成一片,不着一点牵强之迹。而且"玄鬓"之典出于魏文帝之宫人,又正与开端齐王后尸化为蝉的传说互相呼应,正所谓"隶事处以意贯串,浑化无痕"者也。于是前半阕对蝉之叙写,就在这种反折的疑问和慨叹中作了结束。

下半阕"铜仙铅泪似洗,叹移盘去远,难贮零露",以典故与想象相结合,为断魂的蝉又写出了另一番可哀伤的境界。"铜仙"句用的当然是李贺《金铜仙人辞汉歌》的典故,"铜仙"之"铅泪似洗",正因其已被魏之宫官自汉宫之中移去。次句之"盘"即指金铜仙人手中所掌之承露盘,已与"铜仙"同被移去,远离汉之宫殿,故今汉朝旧宫遗址中,既已无承露之盘,则又如何能贮存天上之零露乎?表面上似全写此一则故实,好像与所咏之蝉全无干系,而其实碧山之用承露盘的典故,却原自蝉之相传以餐风饮露为生之一联想而来,而又暗中寓托了盛衰兴亡之慨。总之,此哀蝉既已无露可饮,则其生命亦已危在旦夕,故继之乃云"病翼惊秋,枯形阅世,消得斜阳几度"。蝉翼本薄,而更加一"病"字,又继之以"惊秋"二字,则此病弱之薄翼,其不能经受秋日之凄寒可知。"形"而曰"枯",则此蝉已面临于僵死之地,又继之以"阅世"二字,"阅"者,历也,"阅世"正谓经历人世时序推移盛衰冷暖之巨变,则此濒于僵死之枯形又何能堪此乎?故继之以"消得斜阳几度"。"消"者,禁受之意,谓如此之"病翼""枯形",又能禁受得几度斜阳日落之凄凉景况?盖极言其时日之无多也。

然而此生虽休而此心难已,故继之乃云"余音更苦"。"余音"者,生命将终前最后之吟唤也,则其悲苦自然更有甚于前半阕所写的"深诉"的"离愁",故曰"更苦"。

而碧山之所以从"深诉"直写到"余音",还不仅只是因为这一种生命将终之哀感而已,更因为"嘒唳而鸣"原是作为蝉这种生物的生命之特色。而在更苦的余音之中,将要僵死的蝉遂对自己之一生作了一次最后的回顾,故继之乃云"甚独抱清高,顿成凄楚"。在这一句中"清高"的"高"字,有些选本多作"商"字。关于版本的问题,我在前面已曾提到《花外集》与《乐府补题》多有不同之处,如:"翠阴庭树",《补题》作"庭宇";"离愁深诉",《补题》作"低诉";"西窗过雨",《补题》作"西园";"瑶佩流空",《补题》作"金错鸣刀";"镜暗妆残",《补题》作"镜掩";"移盘去远",《补题》作"携盘"。如果以两种版本相较,则无疑似乎都以《花外集》之版本为胜,如:"庭树"较"庭宇"更能切指蝉所栖息之地;"深诉"较"低诉"更为强烈有力;"西窗"较"西园"更可强调窗外与窗内的蝉与人之相对的关系;"瑶佩流空"较"金错鸣刀"更可显示出蝉飞过时双翼相触摩之声音的柔脆;"镜暗"之表现镜面尘遮较"镜掩"更为自然;"移盘"是就蝉而言,谓其可以饮露之盘已被移去,较"携盘"之就金铜仙人而言者,更切合咏蝉之主题。凡此种种,其为义之较胜皆属显然可见。意者《乐府补题》中所收,盖当年集会时碧山仓猝之作,《花外集》所收者,则为经

说王沂孙词二首 / 147

过碧山修改后之定本，故后世诸家选本多取《花外集》之本为据。不过其中却有一个字在诸家选本中多有异文，那就是此句的"清高"，在诸选本中往往被刊作"清商"。初看起来，"清商"似正可与上一句之"余音"相承接，以描写其音调之凄清。然而仔细一想，则"清商"却实在有许多不妥之处：其一是在谈到声音曲调之时，一般很少用"抱"字作动词，而此句则云"独抱"，似非指向外播散之声音而言者；其二若作"清商"，仍指声音而言，则紧接着的下句之"凄楚"便也当指声音之凄楚而言，如此则自"余音"以下，三句都连着写音调，便显得既相重复又相矛盾，所以比较之下似仍以作"清高"为胜。"清高"者，盖就蝉之生活言，既栖身于树枝高处，又复餐风饮露，不食人间烟火，则其所象喻之人品，自属于清高之一型。昔骆宾王《在狱咏蝉》一诗，便曾有"无人信高洁"之句。李商隐的《蝉》诗，也曾有"本以高难饱"及"我亦举家清"之句，都可以为证。此二句"甚独抱清高，顿成凄楚"，便正是写蝉在对往事的追怀中，感慨于自己虽独抱清高之志节，然而匆遽间乃竟落得如此翼病、形枯之下场，故曰"顿成凄楚"。"顿"字有骤然而意外之感；"楚"字原指荆朴之刑具，引申为苦楚、痛苦之意。前面更着一"甚"字，是疑问之口气，意谓以"独抱清高"之志节，何以竟落得"顿成凄楚"之结果。盖极慨其所遭遇之悲苦，正与前面的"余音更苦"相承接。写到这里，此断魂所化之蝉固已哀伤至极，可是碧山下面却忽然承以"谩想薰风，柳丝千万缕"，蓦然撇开眼前之悲苦，转而回忆起往日的欢欣，是笔法的又一次大转折，为这一首词的结尾留下了无穷荡漾低回之感。"薰风"指自南方吹来的和风，相传昔日帝舜曾作《南风之歌》，其辞曰"南风之薰兮，可以解吾民之愠兮"，可见薰风之可以令人欣愉。何况随风起舞的还有着千万缕飘拂的柳丝，大可以作为蝉的栖身之所，对于蝉而言，那当然正是其生命中一段最美好的日子。而今则年华已逝，往事难寻，只有在余音的哀苦中，对当日的繁华欢乐作徒然的追想而已，故曰"谩想"也。这种转折荡漾的笔法，正为碧山词之一大特色。与前一首《天香》之结尾的"谩惜余薰"可相参看。

以上我们既讨论了这首词在咏物方面的一层意义，现在我们便也将要对这首词中的寄托之意一作分析。关于这首词的托意，在四印斋所刻的《花外集》后面，附有王鹏运的一篇跋文，曾引端木埰之说云："'宫魂'字，点出命意。'乍咽''还移'，慨播迁也。'西窗'三句，伤敌骑暂退，燕安如故。'镜暗'二句，残破满眼，而修容饰貌，侧媚依然，衰世臣主全无心肝，千古一辙也。'铜仙'三句，宗器重宝均被迁夺，泽不下究也。'病翼'二句，更是痛哭流涕，大声疾呼，言海岛栖流，断不能久也。'余音'三句，遗臣孤愤，哀怨难论也。'谩想'二句，责诸臣到此尚安危利灾，视若全盛也。"从这首词写作的时代背景，及词中所用的语汇和典故来看，其有托意，该是可以断言的。不过像端木埰之一字一句去比附，完全以猜谜的方式来作解说，当然便使得读者对之难以完全信服了。何况据夏承焘的考证，《乐府补题》中所收咏物诸词，盖皆作于元世祖至元十五年之后，如此则端木埰所云"敌骑暂退，燕安如故"之猜测，当然就与当时之历史背景不尽相合。所以端木埰之说，无论就方法或内容而言，可以说都有不可信之处，这也正是其所以被胡适讥讽为"信口开河，白日见鬼"的缘故。可是，如果我们便把这首词中的托意完全抹杀不提，那当然也不是在评赏这一类词时所当取的态度。因此，我们便该把其中所可能有的联想和提示略作说明。首先，"宫魂"二字可能有两点提示：一则就用字而言，"宫"字可以暗示对朝廷覆亡的哀思；再则就用典而言，齐王后尸化为蝉的传说，也可使人联想到南宋诸后妃陵墓经过发掘后尸骨被弃于草野之悲惨。何况在当年掘墓时，还曾经相传于孟后陵曾得一髻，其上尚有短金钗云云。南宋有名的遗民诗人谢翱，还曾为此赋《古钗叹》一诗，其中有"白烟泪湿樵叟来,拾得慈献陵中髻,青长七尺光照地,发下宛转金钗二"之句。因此,碧山此词,便不仅可能有对于后妃陵墓被掘的悲慨,而且其词中之"为谁娇鬟尚如许"之句,便也可能有着对于自孟后陵掘出之发髻的联想。其次,"铜仙铅泪"三句,也可能有两点提示:一则就其用李贺《金铜仙人辞汉歌》之典故而言,当然可能含有一种盛衰兴亡的易代之悲;再则就当时之历史背景言,临安之沦陷,诸陵之被掘,事实上也的确有很多宗器重宝就曾经被迁夺而去。至于"病翼惊秋,枯形阅世"二句,则对于身经亡国之痛的碧山而言,当然更可能有着一份切身的悲慨。"斜阳几度"一句,也可以使人联想到南宋自临安之陷、帝㬎之被掳,继之以端宗之殁及帝昺之蹈海的节节败亡。而"独抱清高,顿成凄楚"二句,则也可以使人联想到南宋的一些士大夫,往往自命清高,空谈心性,而对于国事之险危则一无补救。一旦覆亡,亦不过但余凄楚而已。至于结尾的"薰风"两句,就其所表现之意象,以及有关帝舜之《南风歌》的联想而言,则当然很可能喻示有作者对于故国承平之日的一份怀恋。

以上所言,只是为了供给读者一些提示,说明以碧山之时代和身世,就其所用之词汇、典故以及作品中的意象,所可能引起的一些有关托意的联想而已。我们的这种解说方式,是完全以诗歌本身所具有之感发的力量为依据的,也就是说就诗歌本身所表现的感发之力而言,已足够提示给我们,作者在写作时很可能更怀有一种表面之文字以外的感动,这种感动才是写寄托之词的一种基本要素。作者既不是以作谜语的方式去作词,说者也不可以用猜谜语的方式去说词,这一点是我们所必须分辨清楚的。而且感发所引起的联想,原可以有相当之自由,作者在一篇作品中便也可以有多种之托意;而说者所可能做到的,则只是把这种种托意的可能,就作者身世之经历及作品各方面之表现所可能引起的联想,提供给读者作为参考而已。

说陈子龙词二首

点绛唇　春日风雨有感

满眼韶华，东风惯是吹红去。几番烟雾，只有花难护。　　梦里相思，故国王孙路。春无主。杜鹃啼处，泪染胭脂雨。

这是陈子龙词中的具有忧患意识之作。

这首词的题目乃是"春日风雨有感"。仅以此一标题而言，就已经隐含了一种引人产生喻托之想的潜能。首先是"风雨"一词在中国诗歌之传统中早就成为可以引人产生喻托之想的一个语码。《诗经·郑风》中有一篇标题为"风雨"的诗篇。《毛传》以为"风雨"所喻言的乃是"乱世"。而后世的词人则更常以"风雨"喻言人生中的种种挫伤和苦难。即如苏轼在其贬居黄州之后所写的《定风波》（莫听穿林打叶声）一首词中，就曾有"回首向来萧瑟处，也无风雨也无晴"之句；辛弃疾在南渡以后不能实现其北伐之壮志而遭到挫折打击时，所写的《水龙吟》（楚天千里清秋）一首词中，也曾有"可惜流年，忧愁风雨"之句。这些词句中的"风雨"所喻托者，固正为作者在生活中所经历的挫折和苦难。以陈子龙的时代及身世而言，此词题中的"风雨"之含有喻托之潜能，当然是极为可能的。而更可注意的则是此词之标题，在"风雨"之上还有"春日"两字。夫"春日"所代表者自然应是万紫千红的美好的季节，而"春日"之"风雨"，自然也就喻示了外在的挫伤打击对一切美好之事物所造成的破毁和摧残。但此标题所写的却还不只是"春日风雨"，而是在"春日风雨"之环境中作者因"有感"而引发的一种幽微深隐的内心的感发活动，故曰"春日风雨有感"。昔况周颐论词之创作，就曾提出说："吾听风雨，吾览江山，常觉风雨、江山外有万不得已者在，此万不得已者，即词心也。"夫"词心"曰"万不得已"，则此词心之为真诚深挚更复要眇幽微，自可想见。此词既是"风雨""有感"，与况氏所谓"风雨、江山外有万不得已者"固正有暗合之处。而况氏对此难以言说之"词心"，还曾更加以引申说明，谓："吾苍茫独立于寂寞无人之区，忽有匪夷所思之一念,自沉冥杳霭中来。吾于是乎有词。洎吾词成,则于顷者之一念若相属若不相属也。而此一念方绵邈引演于吾词之外,而吾词不能殚陈,斯为不尽之妙。"(《蕙风词话》卷五)而陈子龙的这一首《点绛唇》词,可以说就恰好是表现了这一种"绵邈引演"的"不尽之妙"的作品。

先看这首词开端的"满眼韶华,东风惯是吹红去"两句,如我在《迦陵随笔》中论及"感发之作用"、"感发之联想"和"感发之本质"几篇文稿中之所讨论,一首词中所传达的感发之力量的大小强弱,原来都当以其文本中所蕴涵的感发之潜能为依据。而形成此潜能的因素则在于其文本中的具有微妙之作用的一些字质语法等的显微结构。即以此《点绛唇》词的开端两句而言,其首句"满眼韶华"之所指者,固当为眼前春日之景物的万紫千红。也许有人会以为诗歌中的形象要以鲜明具体为好,然而陈氏此句"满眼韶华"的概括的叙述,却实在传达出了"万紫千红"之鲜明具体的叙写所不能传达出来的更丰富的潜能。因为具体的形象虽有鲜明真切的好处,但往往也有了约束和局限。"万紫千红"所指者只能是春日的花朵,而"满眼韶华"则可以包举天地间之鸟啼、花放、云行、水流等一切春日的美好景物和形象。而且"满眼"的"满"字既可以给读者一种丰富的包举之感,"眼"字又可以给读者一种如在目前的真切之感。因此，这一句虽是极抽象的概念的叙写，却充满了饱满的精力，写出了春日韶华之盛美。但下句的"东风惯是吹红去"则在与上句的承接之中表现出一个有力的反跌，直恍如禅家的当头棒喝，不仅把上一句的"满眼韶华"一笔扫空，而且更表现得如此悲哀无奈。曰"东风"，正与题目中的"春日风雨"之"风"相应合，象喻了春日中的一份摧伤打击的力量；曰"惯是"，则显示出此挫伤打击之不断地发生。又继之以"吹红去"三个字，"吹"字写摧伤之力的来到，"红"字为被摧的韶华之美好，"去"字写韶华之终于断尽难留。短短的三个字，充分写出了一切美好事物终被摧残殆尽之无可遁逃。只此开端两句，实已喻现了一幅充塞于天地之悲剧的场景，而下面的"几番烟雾，只有花难护"两句，则是对前三句的推演和承应。曰"几番"，乃用以呼应前句的"惯是"，进一步写外来的摧伤打击之不断发生、无可遁逃，只不过前句的"东风"是一种单纯的摧伤的力量，而此一句的"烟雾"则其情致乃更为哀婉凄迷，所表现的已不只是单纯的摧伤，而是在雾朝雨暮中的不断的销蚀和承受。至于"只有花难护"一句，则是对前一句"吹红去"的承应，此句之"花"，自然就是上一句的"红"。只不过上句的"吹红去"所写的还仅只是美好之事物被摧毁的一个现象而已；而这一句的"只有花难护"所写的则已是词人对此一现象的深切哀悼,曰"只有",曰"难护",其充满悲苦的痛惜而无可奈何的一片情意,实在写得极为深切哀婉。

如果只从表面情意来看,此词上半阕四句所叙写者,原只是在春日中风雨摧花的一种大自然的现象,以及诗人对此自然界现象所产生的一种哀感之情而已;然而却由于此开端的"满眼韶华"之概念的包举,"惯是"和"几番"的口吻之重复,以及"吹红去"三个字以重点所表现的悲剧感,遂使得这一首小词隐然有了可以引生言外之联想的丰富潜能。如果就陈氏之生平及其时代言之,则陈氏与柳如是的一场爱情悲剧,以及陈氏所身历的家国忧患,当然都可能是使其形成此种感发之潜能的一些重要因素,所以此词前半阕之所写,实可以同时兼含其儿女之情与忧患之思,只不过因其下半阕有"故国"字样,我遂将此词归入了家国忧患之思的作品。其实,这首词除去"故国王孙路"一句表现了较明显的家国之思外,其他各句同时也兼含有两种悲慨的潜能。即如"梦里相思"一句,其所指者就可以既是"故国重归"的"梦里相思",也可以同时又是"几回魂梦与君同"的"梦里相思"。总之,无论其为家国之思或儿女之情,"梦里相思"所表现的都是一种魂梦牵萦的深挚怀念。只有下面的"故国王孙路"一句,才较明白地点明了家国的悲慨。

而这一句的妙处,实乃在于最后一个"路"字。盖以"故国王孙"四个字较为明白易解,杜甫在安史之乱长安沦陷玄宗出奔以后,就曾写有标题为"哀王孙"的一首诗,表现了对故国乱亡首都沦陷之际皇室王孙流离失所的悲慨,而明末败亡之情况正有类于此,故曰"故国王孙"。至于"路"字之妙,则使人联想到《楚辞·招隐士》一篇中的"春草生兮萋萋,王孙游兮不归",而其所谓"春草生"的处所,自应就是王孙远游而不归的天涯路。现在陈子龙乃以一"路"字直承于"故国王孙"之下,于是遂产生了多重的联想作用:一则可以从"路"字联想到王孙的不归,于是遂更加深了对于家国败亡后的怀思和悲慨;再则又可以因"路"字而联想到"春草萋萋",而由此回应到题目中的"春日风雨",而使之增加了一种"清明时节雨纷纷,路上行人欲断魂"的凄怨迷离之致。

凡此种种,自然都是诗人在"春日风雨"中,"吾听风雨,吾览江山"后所引发的一种"万不得已"的词心。而结之曰:"春无主。杜鹃啼处,泪染胭脂雨。""春无主"三个字写得真是有无穷的幽怨。夫"满眼韶华"既然已都被东风吹尽,而"相思""故国"又已经归去无从,春去难留,问天不语,则此春光之长逝,乃更有何人为主?故曰"春无主",短短三个字写出了心断望绝以后而又无可奈何的一片深情。更继之以"杜鹃啼处,泪染胭脂雨",夫"杜鹃"之为物亦可以使人有多重之联想:一则杜鹃之啼声,相传其音有如"不如归去"之说,如此则可以与前面的"王孙路"相承应,表现已经归去无路以后而依然想要归去的一份刻骨的相思;再则杜鹃鸟之啼,可以代表春光之消逝,如此则可以与前面的"满眼韶华,东风惯是吹红去"相承应,表现有一份韶华不返、落红难护的深悲;三则在中国文学传统中更相传有蜀望帝死后其魂魄化为杜鹃的传说,如此则可以与"故国"相承应,表现有对故国君主的一片悼念和怀思。而在此多层次的悲怀悼念之中,最后以"泪染胭脂雨"五字的痛哭之泪作了全篇整体的结束,不仅笔力沉着深挚,而且字字都与通篇的叙写有着呼应和承接。"泪"字和"雨"字都与这首词题目中的"风雨"之"雨"字相呼应,盖以此词之标题原是"春日风雨有感",上半阕的"东风"一句,有"风"而无"雨",所以特在结尾之处明白点出"雨"字,此其呼应之一。再则"胭脂"两字则与此词上半阕之"吹红去"和"花难护"两句相呼应。曰"红",曰"花",曰"胭脂",遂使春日风雨中之花朵一化而为忧患苦难中之人事,花上的雨滴也就是人间的泪点,其潜能之丰富,象喻之深广,而且层层呼应,把一片伤痛之情写

说陈子龙词二首 / 159

得如此缠绵往复,百转千回。这真是一首可以作为陈子龙令词中之既具有忧患意识且蕴涵有丰富之潜能的代表作的好词。

踏莎行　寄书

无限心苗,鸾笺半截。写成亲衬胸前折。临行检点泪痕多,重题小字三声咽。　　两地魂销,一分难说。也须暗里思清切。归来认取断肠人,开缄应见红文灭。

这是陈子龙词中纯写柔情的本事之作。

据陈寅恪《柳如是别传》考证,此词盖为陈子龙与柳如是的酬和之作。柳氏有同调同题词一首云:"花痕月片,愁头恨尾。临书已是无多泪。写成忽被巧风吹,巧风吹碎人儿意。　　半帘灯焰,还如梦里。销魂照个人来矣。开时须索十分思,缘他小梦难寻你。"(此据大东书局1932年影印董氏诵芬室《众香词》引录。《别传》以为"你"字为"味"字之讹写)从这两首词之牌调与题目之相同,及"开时须索十分思"与"开缄应见红文灭"等辞意相近来看,《别传》以为当为陈、柳两人酬和之作,此说当属可信。

此一类词,私意以为可归属于以写现实中具体的爱情与美女为主的作品。此一类作品虽然在唤起读者之感发与联想的潜能方面似有所不足,然而却不仅仍具有属于词所特有的一种纤柔婉约之美,而且还更有一种质直真切的属于唐五代艳词之本色的特质。关于唐五代时的这种质直真切的艳词,有一些读者也许会因其缺少言外引人联想的感发之潜能,而不予重视;另一些读者也许又会因其过于质直、过于香艳而不欲对之加以称述。然而这种笔法质直、情感真挚的写爱情的艳词,却正是其后之所以能发展出多层次之感发潜能的一项基础。关于此点,我以为在历代词评家之中,当以况周颐为对之最有深切的体认,且曾作过大胆的肯定。即如况氏在评顾敻词时,即曾谓:"顾敻艳词多质朴语,妙在分际恰合。"又云:"顾太尉,五代艳词上驷也。工致丽密,时复清疏,以艳之神与骨为清,其艳乃入神入骨。"又曾对欧阳炯的一些艳词也极致赞美,谓其"艳而质,质而愈艳。行间句里,却有清气往来"。(此评语不见于况氏《蕙风词话》,而据龙榆生《唐宋名家词选》转录)如果持此一标准以衡量陈子龙的这一类纯写爱情的令词,我们就会发现陈氏之词确乎与之颇有相合之处。即以此词而论,如其"写成亲衬胸前折"之句就颇有"艳而质,质而愈艳"的特色,而其"归来认取断肠人,开缄应见红文灭"等句,则又颇有"清气往来"其间。

这一类词虽然未必能引发读者什么丰富的感发与联想，但无疑这类作品的质朴深挚的本色的感情质地，却正是陈子龙词之所以能"直接唐人"而且能发展出其富于感发潜能之成就的基本原因。而陈子龙之所以能写出这一类艳词，则除去他与柳如是的一段遇合使其在生活方面经历了与唐五代词人相近似的"绮筵公子，绣幌佳人"的生活以外，另一方面更值得注意的，则是陈氏自己对词之写作竟有重视这一类词的观念和勇气。即如他在《幽兰草词序》中曾说："自金陵二主以至靖康，代有作者，或浓纤婉丽，极哀艳之情，或流畅淡逸，穷盼倩之趣。然皆境由情生，辞随意启，天机偶发，元音自成。"又云："吾友李子、宋子（指李雯及宋徵舆），当今文章之雄也，又以妙有才情，性通宫徵，时屈其班、张宏博之姿，枚、苏大雅之致，作为小词，以当博弈。予以暇日，每怀见猎之心，偶有属和，宋子汇而梓之曰《幽兰草》。"（《安雅堂稿》上）从这一段话来看，则陈氏之不鄙薄这一类"哀艳""盼倩"之作，其观念固属显然可见。何况他还曾明白表示了他之写作此一类令词，原来乃是"以当博弈""见猎"心喜的游戏之作。而我以为也就正是由于他这种并非出于有心造作的随意自然的写作态度，才使他掌握了唐五代宋初之令词所特有的一种活泼而富于感发的基本特质。

说朱彝尊词一首

朱彝尊是清朝初年一位著名的学者,他不仅是文学家,而且兼通经史,著作宏富。但本文却并不想对他作全面的研究,而只是想简单地讨论他的一首爱情词。现在就让我们先把这首小词抄录出来一看:

桂殿秋

思往事,渡江干。青蛾低映越山看。共眠一舸听秋雨,小簟轻衾各自寒。

这首词曾经被清末民初的词学家况周颐所激赏。在况氏的《蕙风词话》中,于论及朱彝尊"金风亭长"之词时,曾记述有一段谈话,谓:"或问国初词人当以谁氏为冠?举金风亭长对。问佳构奚若?举《捣练子》云'思往事,渡江干……小枕轻衾各自寒'云云。"(按况氏所举之《捣练子》,即朱氏之《桂殿秋》词;而误引"小簟"为"小枕")①如果按况氏的评语来看,则朱氏的这一首《桂殿秋》词,简直成了一代清词的压卷之作。那么这一首小词的好处又究竟何在呢?可惜况氏对此一点却丝毫也未加说明。现在我就想就我个人之所体会和理解,就这首词之好处何在,略作一些理论的探讨。朱氏这首词明显地是一首爱情词,要想说明这首词的好处,我们就不得不先对朱氏之爱情词,以及中国自《花间集》以来之爱情词的传统与特质,都先作一些简单的介绍。

朱彝尊所留下来的词作,除去已编入《曝书亭集》的《江湖载酒集》三卷,《静志居琴趣》一卷,《茶烟阁体物集》二卷,《蕃锦集》一卷以外,还有未编入集中的他在早年所写的《眉匠词》一卷②,共计有八卷之多。在这八卷词中自然有不少叙写爱情之作,如果我们对之略加观察,就会发现这些爱情词实在有着多种不同之性质。一类是属于少年时代习作性质的模仿《花间》之作,如其在《眉匠词》中所收录的《菩萨

---

①《蕙风词话》,见《词话丛编》册五,页四五二二(中华书局1990年)。
②《眉匠词》,手抄本,共十五页(台湾"中央"图书馆三余读书斋手抄本,卷首有"竹垞朱彝尊草"题字)。

蛮》（阑干横处莺啼急），及《谒金门》（风恻恻）诸词属之；又一类是属于集句性质的游戏之作，如其在《蕃锦集》中所收录的一些集唐人诗句的作品属之；再一类则是把美女当做"物"来叙写的，如其《茶烟阁体物集》中所收录的一些咏物之作属之。以上三类，虽然也有叙写爱情的辞句，但严格说起来，却都不能算为真正的爱情词，我们可以把这些作品姑置不论。此外朱氏真正叙写爱情的词，则又可分为三类。第一类其所写者虽为男女间之情爱，但却只不过是饮酒听歌逢场作戏时的赠伎之作，如其在《江湖载酒集》中所收录的《钗头凤》（逢吕二梅），及《一斛珠》（赠伎饼儿）等作品属之。这类作品虽也写得活泼生动，但却并无特别过人之处，亦可姑置不论。第二类所写者，虽也是男女间之爱情，但却并非作者自己之爱情，而是把别人的爱情故事，当做自己写作时可以表现词才与词情的一个好题目，如其《江湖载酒集》中所收录的《高阳台》（桥影流虹）一词属之。但所有以上的这些爱情词却都并不是朱氏的最好的作品，朱氏最好的爱情词是他叙写自己之一段私情的作品，那就是他所写的一卷《静志居琴趣》。这一卷爱情词曾被清代词学家陈廷焯所称赏，谓："竹垞《江湖载酒集》洒落有致；《茶烟阁体物集》组织甚工；《蕃锦集》运用成语，别具匠心，然皆无甚大过人处。唯《静志居琴趣》一卷，尽扫陈言，独出机杼。艳词有此，匪独晏、欧所不能，即李后主、牛松卿亦未尝梦见，真古今绝物也。"①我们所要评说的这一首《桂殿秋》词，虽然是收在《江湖载酒集》中，而并不是收在《静志居琴趣》中的作品，但这首词之所以好，则实在与朱氏在《静志居琴趣》中所写的一段爱情本事有着密切的关系。因此在我们评说《桂殿秋》词之前，就不得不先对朱氏《静志居琴趣》中所写的爱情本事，略作简单之介绍。

《静志居琴趣》共收词八十三首，全部皆为爱情词。这八十三首词固诚如陈廷焯之所言，确实可以称得上是写爱情的艳词中之"尽扫陈言，独出机杼"的作品。从表面看来，这些词之所以写得与众不同，固应是由于写作手法之不同，但若究其所以要用不同之手法来写作的原因，则实在应该乃是由于其所叙写之爱情故事之与众不同的缘故。关于此一卷爱情词之本事，朱氏在他自己所写的《风怀》诗中，也曾经有所透露。其后清人之诗话词话中也曾约略述及，而以冒广生所写的《风怀诗案》中之所考为最详。②此外朱氏自己的诗文集中也有不少

---

① 陈廷焯：《白雨斋词话》，见《词话丛编》册四，页三八三五。
② 见冒广生《疚斋小品》，《如皋冒氏丛书》（如皋冒氏刊本）。

叙写可供参证之处。综合来看,则朱氏此一段爱情故事,实为旧社会婚姻不能自主之情况下的一桩爱情悲剧。现在就让我们把此一爱情悲剧之梗概,略加叙述。

据朱氏为其妻子所撰写的《亡妻冯孺人行述》之记叙,冯孺人讳福贞,为归安县教谕冯镇鼎之女。冯氏全家一度曾居住于朱氏之故里嘉兴之碧漪坊,与朱氏之祖居甚近。有费姥者常与两家有往来,曾对朱母唐孺人屡言冯女之贤。唐孺人遂托费姥为媒,为朱彝尊与冯女定亲。但当时朱氏家贫,力不能纳币,于是当朱氏年十七时,遂入赘于冯氏。[①]朱氏在《静志居琴趣》中所写的,就是朱氏与他的一个妻妹间所发生的爱情故事。盖朱氏既已入赘,则与其妻妹便已形同家人,而当时冯氏此女则仅不过为一十岁之女童而已。朱氏与冯女虽有青梅竹马之谊,但当时固应并无私情之事。据冒广生《风怀诗案》之所考,以为冯女后曾许嫁,然未嫁而夫死。朱氏与冯女本可效皇英故事。冒氏曾引朱氏之诗,以证成其说。而冯母则为其女另择一富家子为婿,故朱氏所作《嫁女词》有"媒人登门教装束,黄者为金白为屋。阿婆嫁女重镵刀,何不东家就食西家

---

① 朱彝尊:《亡妻冯孺人行述》,见《曝书亭集》卷八,页五九一(上海商务印书馆四部丛刊本)。

宿"之句。至于朱氏入赘冯氏后,则仅赖里中授徒为生,几至难于自给。是以朱氏与其妻妹虽两相有情,然而却终未能效皇英故事。其后于顺治十三年,朱氏应广东高要县知事杨雍建之聘,赴岭南往课其子,两年后始返。适值冯女嫁后归宁于家,意者其婚姻或不如意,遂于是年冬朱氏携全家移居梅里后与冯女相互定情。时距朱氏入赘与冯女初识之时,盖已有十四年之久矣。

从以上我们所能考知之朱氏在《静志居琴趣》中所写的爱情词之本事来看,我们已可清楚地见到,朱氏所写的爱情词与传统《花间》及北宋令词中所写之爱情词的一个极大的差别,那就是爱情之对象的身份之不同。而由于身份之不同,遂形成了其叙写之态度与口吻之不同,因之遂又造成了其美感特质之不同。以下我们就将对这其间的种种差别,略作简单之分析。

一般说来,《花间》与北宋初年之艳词,其性质既大都乃是在歌筵酒席间娱宾遣兴的曲子,其所写之爱情对象自然便只是歌唱这些曲子的歌伎与酒女一流人物。在这种情况下,此类艳词遂形成了两种不同性质的作品:一类是纯以男性口吻写男子对女子之爱悦者,如欧阳炯的《浣溪沙》词中所写的"相见休言有泪珠。酒阑重得叙欢娱。凤帏鸳枕绣金铺。 兰麝细香闻喘息,绮罗纤缕见肌肤,此时还恨薄情无"之类作品属之;又一类则是男性作者却假托女子之口吻而写女性之恋情者,如温庭筠之《南歌子》所写的"倭堕低梳髻,连娟细扫眉。终日两相思。为君憔悴尽,百花时"之类作品属之。前一类词大都为男性作者自写其对女性之爱欲,且其对象又大都为歌伎与酒女,故其风格乃于叙写现实之爱悦与情欲中往往表现得淫靡而轻佻。至于后一类作品则既大都为男性作者假托女性口吻之作,而在中国文学传统中,则不仅美人香草早有喻托之说,而且更往往以男女之爱情喻君臣之关系,所以这一类用女性口吻所写的爱情词,遂可以在其表面所写的男女爱情以外,更能引起读者许多言外之联想。五代之温、韦,与北宋之晏、欧,其被推为意境高远有要眇幽微之意者,就大都属于此种第二类之作品。至于朱彝尊的《静志居琴趣》中之爱情词,则固其所叙写之对象乃是一位良家女子,而且其所叙写之情意,又是不被一般社会伦理所容许的一种难以明言的恋情,因其叙写之口吻与态度,自然就与一般之写歌伎与酒女者,有了很大的不同。清代的陈廷焯不仅曾称美朱氏的这一卷词为"尽扫陈言,独出机杼"的"古今绝构",而且还曾特别指出其佳处之所在,谓"竹垞艳词,确有所指,不同泛设,其中难言之处,不得不乱以他词,故为隐语,所以味厚"①。陈氏之言,极为有见。下面就让我们举引朱氏《琴趣》中的一首词例来一看:

鹊桥仙　十一月八日

一箱书卷,一盘茶磨,移住早梅花下。全家刚上五湖舟,恰添了、个人如画。　　月弦新直,霜花乍紧,兰桨中流徐打。寒威不到小篷窗,渐坐近、越罗裙衩。

先谈此词所用的牌调"鹊桥仙",本来一般人之用此牌调者,其所写必多为七夕牛女相会之故事,但朱氏却在此一牌调下,分明注出了"十一月八日"五个字,在这种表面之矛盾中,朱氏实在隐寓了他自己的一段隐秘的恋情。据杨谦所撰之《朱竹垞先生年谱》,顺治十五年六月朱氏自岭南归,十一月初八日移居梅里荷花池。②朱氏自己所写的《风怀》

---

① 见陈廷焯:《白雨斋词话足本校注》卷三,页二五九(齐鲁书社,1983)。

② 杨谦:《朱竹垞先生年谱》,页十一上(见杨氏木山阁刊本《曝书亭集诗注》附录)。

诗中，亦曾有"同移三亩宅，并载五湖航"之句。且据冒广生《风怀诗案》之所考，朱氏与嫁后之冯女的再度重逢，就正在朱氏移居的不久之前，而移居时朱氏遂与冯女有一度同舟共载之机会。此词开端数句，其所写者固当为现实中的移居梅里之情事。开端之"书卷""茶磨"，盖朱氏自写其家境之清贫，身无长物。"移住早梅花下"则写现实中移居梅里之情事。但这几句的写实之笔，在同时却也表现出了一种极为清雅之趣味。若更结合下面所写的"全家刚上五湖舟，恰添了、个人如画"三句来看，我们就可体会出来，朱氏之所以会把一次如此清贫的移居，写得如此之具有清雅脱俗之美，实在主要都是因为在舟上添了个"如画"之人的缘故。而也就正因为有了这一个人，遂使得诗人竟将一艘移家的船，想象成了范蠡携西施而离世远游的"五湖"之"舟"。至于下半阕的开端三句，应该也是写实之笔。"月弦新直"句所写的正该是阴历"初八"之月亮的形象。"霜花乍紧"句所写的，则也该正是阴历十一月的节候。"兰桨中流徐打"句所写的也该正是行船的现实情境。本来"弦月"之不圆满，"霜花"之不温暖，"打桨"之不稳定，所写的种种外在情境，原都不是美满之象喻，但朱氏笔锋一转，接写了"寒威不到小篷窗，渐坐近、越罗裙衩"三句，遂使一切境皆随心转，在小小的"篷窗"一角，竟然化生出了一个远离外在"寒威"之侵袭的，独属于二人之间的小天地。至于此一小天地之形成，其实只不过是因为有了一位穿着"越罗裙衩"之人，使作者得有一个"渐坐近"的机会而已。句中"越罗"所显示的贵美之感，"裙衩"所显示的女性之感，对于"渐坐近"之人当然都构成了一种强力的吸引。而且暗示出了在此种引力之下的，一种想要逾越的向往。但我们都不要忘记，"刚"才"上""舟"的，却原是"全家"。如此则在众目睽睽之下，是其虽有强力的逾越之向往，而都又有着终于无能逾越的强力之拘限，而也就正是在这种强力的内在向往与强力的外在拘限之极大的矛盾痛苦中，才使得朱氏把这两句词，写得如此之掩抑低回，如此之隐秘深微，而又如此之使人怦然心动。

如果把朱氏的这首词，与我们在前面所谈到的五代北宋的一些爱情词相比较，我们就会发现朱氏的这首词，可以说实在乃是介于我们前面所提出的五代宋初两类爱情词之中间的一类作品。我们若将朱氏此词与那些男性作者对歌伎酒女所写的，直接任纵地表现男性之爱欲的轻佻浮薄之作比照而观，则朱氏此词自然显得幽微隐曲，要比那些淫靡的艳词意境深厚得多了。但另一方面，则我们如果把朱氏此词与五代北宋那些男性作者假托女性口吻所写的，那些引人生言外托喻之想的作品相比较，则朱氏此词所写的实在仍是以男性口吻出之的对女性之爱欲，虽然因为所写的爱情对象的身份之不同，因而形成了爱情的品质之不同，与叙写的口吻之不同，而显得别具幽微隐曲之深意，且获得了陈廷焯的"尽扫陈言，独出机杼"的赞美，但却不免仍只限于是现实中一件爱情的事件，而缺少了更可以使人生言外托喻之想的丰美的含蕴。在这种比较之下，我们才可以回过头来再谈一谈前面所举引的朱氏的《桂殿秋》一词之佳处究竟何在。

谈到朱氏的《桂殿秋》一词，首先我要指出的，就是这一首词与朱氏及冯女间之爱情本事应该也有着密切的关系。朱氏与冯女之间的爱情，其发生与增长，应该都与他们同舟共载的几次机会有关。朱氏在其《风怀》诗中曾经也对此有所记述，如"连江驰羽檄，尽室隐村舠。绾髻辞高阁，推篷倚峭樯。蛾眉新出茧，莺舌渐抽簧"，"已共吴船凭，兼邀汉佩纕"和"同移三亩宅，并载五湖航"，所记写的就都是朱氏与冯女同舟共载之事。此外朱氏在《静志居琴趣》一卷词中，记叙二人同舟之事尤多，本文在此不暇列举。综合诗词的记叙来看，朱氏之得与冯女同舟，大约有以下几种情况：一次是朱氏入赘于冯氏不久之后，江南曾一度遭遇兵乱，朱氏与冯氏全家曾一同避难舟中[①]；其次则朱氏入赘后，曾与冯氏全家数度共同乘舟出游[②]；其三就是当朱氏移居梅里时，亦曾与冯女同舟共载。此多次同舟共载之情景，自必在朱氏心目中占有相当重要之地位，可以引起朱氏无限低回婉转的说不尽的情思。我们现在所要来讨论的《桂殿秋》一词，当然也是属于朱氏追怀往日同舟共载之情景的作品之一，不过这首小词在美感作用方面，却颇有一些不同于其他作品的感发效果。下面我们就将对其不同之处，稍加论述。

早在20世纪60年代，我曾写过一篇题为"从《人间词话》看温、韦、冯、李四家词的风格"的文稿。在该文中，我曾将韦庄与冯延巳二家词作过一番比较。我以为韦词"所写之情事，一方面虽然真切劲直，具有鲜明之个性；而另一方面却又不免过于拘狭落实，其所写者往往只限于一人一时一地之事而已，因此在意境方面自然就受到了相当的拘限"。至于冯词，则"从外表看来，虽然也不过是闺阁园亭之景、伤春怨别之辞"，可是冯词"所写的情意境界虽同样真切感人，可是却又并不为现实之情事所拘限，而可以令读者产生较深较广

[①] 见《朱竹垞先生年谱》，页七下。
[②] 见朱氏《静志居琴趣》所收《渔家傲》"淡墨轻衫染趁时"，及《朝中措》"兰桡并载出池塘"诸词。

之联想"。至于造成这种差别的原因,我在该文中也曾作过简单的分析。以为"其所以然者","乃是由于端己所写者但为现实中感情之事迹;而正中所写者则是不为现实所拘限的一种纯属于心灵所体认的感情之境界"①。如果持此一观点,将朱氏之《桂殿秋》一词,与朱氏《琴趣》中其他写同舟共载之情事一加比较,我们就会发现朱氏在其他词中写同舟共载之情事者,往往都对当时情事有更为现实具体之描述,此种描述,一方面虽极为真切感人,但另一方面却不免也使读者过于被其所写的现实情事所拘限,而使读者缺少了任意驰骋生发的自由联想之余地。可是《桂殿秋》一词,虽然亦写同样之情事,却产生了不同的效果。此种差别之形成,我以为大约可归纳为以下几点重要因素:

首先我想提出来一谈的,乃是写作之心态的问题。从以上我们对朱氏《静志居琴趣》中所收录之爱情词的本身来看,我们已可证知《琴趣》中之词,原来乃是朱氏对其与冯女之一段恋情的有心追怀忆念之作,因此其所写者乃大都为追怀往事的纪实之作。至于《桂殿秋》一词,则并未收录在《琴趣》之内,这就说明了《桂殿秋》一词与其他有心纪实之作在本

---

① 见《迦陵论词丛稿》,页七十三(上海古籍出版社,1980)。

质上已有了相当大的差别。这是造成其感发效果之不同的第一点重要因素。其次我想提出来一谈的,乃是《桂殿秋》一词既脱除了《琴趣》诸词之有心纪实的写作心态之约束,因此当其追怀往事之情自然涌现时,乃达到了一种遗貌取神之效果。也就是说《桂殿秋》一词所写者,虽然也是旧情往事,但却能撇弃了外表事迹的现实琐细之枝节,而写出了心灵和感情中的一种重点的感受。这应该乃是造成其感发效果之不同的第二点重要因素。其三我想提出来一谈的,则是此词在文本中诸语言符号所蕴涵之潜能的问题。早在1988年我所写的题为"对传统词学与王国维词论在西方理论之光照中的反思"一文中,我就曾提到过西方的一位接受美学的学者沃夫冈·伊塞尔(Wolfgang Iser)所提出的"潜能"(potential effect)之说。伊氏认为有些优秀的作品,除了表面的意思以外,在文本中还蕴涵有启发读者丰富之联想的一种潜存的能力。①像王国维能从南唐中主的《山花子》一首小词中,想到"美人迟暮"之感,从晏、欧的小词中想到"成大事业大学问的三种境界",就都是由于在这些词的文本中,蕴涵了某种足以引起读者之联想的潜能的缘故。至于形成此种潜能

---

① 见《词学古今谈》,页三〇二至三〇九(岳麓书社,1993)。

之因素，则在不同之文本中，必然各有不同之因素。现在就让我们对朱氏这一首小词中所蕴涵之潜能的因素，也尝试略作分析。

一般说来，一篇作品并不见得其中之每字每句都富含有感发之潜能，不过只要一篇作品中有一二处具含此种潜能，便已足可以使全篇为之振起。即如李璟之《山花子》词，其引起王国维"众芳芜秽"之联想的，不过只是其开端的"菡萏香消"二句；晏殊之《蝶恋花》词，其引起王国维"成大事业大学问之第一种境界"之联想者，不过只是其上半阕结尾的"昨夜西风凋碧树，独上高楼，望尽天涯路"三句。以此类推，我以为朱氏此首《桂殿秋》词，其足以引人生感发之联想者，实在乃是此词结尾的"共眠一舸听秋雨，小簟轻衾各自寒"两句。此二句若就其狭义者言之，则其所写者自然乃是朱氏与冯女同舟共载之情事。前句的"共眠一舸"四字，写所处的地点之相近，同时也暗示了在如此接近的"一舸"中，其主观的想要接近的内在愿望之强烈。而后句的"小簟轻衾各自寒"七字，则写外在的客观环境之约束，所造成的难以逾越的隔绝的痛苦。而且前句之"听秋雨"三字所暗示的无眠的苦况，则又正是对开端"共眠"二字的强烈的反讽。是其所写者虽为现实之情事，但在其叙写中所暗含的反讽的张力，以及其在主观内在之愿望与客观外在之约束中所造成的强烈的对比,遂使其所写的个别事件,化生出了一种足以喻示整个人世之"天教心愿与身违"之共相的潜在的能力。何况这两句词中所使用的一些语汇,也都在语言学之联想轴中,具含有一种足以引生读者丰富之联想的作用。即如"舸"字所提示的"船"的形象,在中国文化传统中,就有着一种喻象的语码作用,像中国成语中所常说的"逆水行舟""同舟共济""风雨同舟"等,就都是以舟船来喻示人生处境的种种喻象。即使就词人作品中所写的舟船的形象而言,如苏轼《临江仙》(夜饮东坡醒复醉)一词,在结尾处所写的"小舟从此逝,江海寄余生",便是以"小舟"之远"逝",表现一种想要飘然远引的襟怀。而辛弃疾《沁园春》(三径初成)一词,在上半阕结尾处所写的"秋江上、看惊弦雁避,骇浪船回",则是以"骇浪"中不能前进的"船"来表现一种对外在环境之迫害的忧惧。何况朱词在"共眠一舸"之下所写的"听秋雨"的意象,就中国诗歌之传统言之,原来也有一种喻象的作用。即如蒋捷之一首著名的《虞美人》词,其所写的"少年听雨歌楼上,红烛昏罗帐。壮年听雨客舟中,江阔云低,断雁叫西风。 而今听雨僧庐下,鬓已星星也。悲欢离合总无情,一任阶前点滴到天明",全词就都是以"听雨"的形象来喻示自己的感受和心情的。此外如苏轼的一首题为"三月七日沙湖道中遇雨"的《定风波》小词,以及辛弃疾的一首题为"灵山齐庵赋"的《沁园春》长调,他们在词中所写的"莫听穿林打叶声",和"吾庐小、在龙蛇影外,风雨声中"诸句,就也都是以所听到的风"雨"之声,来喻示自己的感受和心情的。

以上我们还不过只是就朱词中"共眠一舸听秋雨"这一句所可能蕴涵的感发作用言之而已,若再就下句的"小簟轻衾各自寒"言之,则下句的这七个字,实在也同样蕴涵有一种感发之潜能。盖以"簟"为所卧之席,"衾"为所覆之被,下"簟"上"衾"正喻示了一个人生活在人世中的最基本的处境,也是最基本的所有。而曰"小",曰"轻","小"字之拘限,"轻"字之凉薄,二者相结合,遂使人感到了一种最为无助与无奈之境界,更继之以"各自寒"三字,则是在此种最为无助与无奈之中,对于外在之凄寒之一种独力的忍受和承担。昔李商隐《端居》诗曾有句云:"远书归梦两悠悠,只有空床敌素秋。"韩偓《别绪》诗亦有句云:"菊露凄罗幕,梨霜恻锦衾。此生终独宿,到死誓相寻。"其所叙写者就也都是在将个人所处与所有缩减到最小的范围以后,所表现出的对外在寒冷之侵袭的一种独力的忍受和承担。而这些形象所象喻的在孤独寒冷中无助且无告的忍受和承担,实在也应该就是人世众生在苦难中的一种普通的共相。而且我以为此种有忍受和承担之精神者,也代表了一种"弱德之美"的品质。所以朱氏此词的"共眠一舸听秋雨,小簟轻衾各自寒"两句,就作者之本意言之,朱氏所写者虽或者原只不过是对于旧情往事的一种现实的追忆而已,然而却因其在叙写中,于无意间所使用的语法句构和词汇,使他所写出的文本产生了一种足以引人生感发之联想的潜能,而表现出一种喻示着人类整体的"天教心愿与身违"之处境的共相,且表现了一种弱德之美。

我们在本文开端曾经引述了况周颐对朱氏这首《桂殿秋》的称赏,我想况氏一定也是体悟出朱氏此词中所蕴涵的一种感发之潜能,不过此种并不出于有心之托喻的感发之潜能,实在极为要眇幽微,难以具言。我只是就我个人之所感受略作阐释如上,希望能得到广大读者的批评和指正。

说贺双卿词四首

双卿最早出现在清乾隆年间史震林的笔记小说《西青散记》中。《西青散记》说双卿是绡山人,在雍正十年十八岁时嫁给周姓农家子,婆婆是给人家做乳母的,周家是史震林的朋友张梦觇家的佃户,并租赁了张家的房子住。农村的女孩子本来不受教育,但双卿的舅舅是一个私塾老师,双卿生下来就很聪明,喜欢读书,每当她舅舅给村童们上课的时候她就在旁边听,于是就学会了作诗,也学会了填词。双卿的丈夫周姓男子大约只认识几个字,没受过多少教育,而且性情粗暴。《西青散记》上说,双卿有一天舂米时累了,停下来抱着杵喘息,她丈夫认为她偷懒,一下子就把她打倒在地上,捣米的杵压伤了她的腰。还有一次她烧火煮粥的时候疟疾病发作,火烈粥溢,她婆婆看见了就打她骂她,揪她的耳朵,把她的耳环揪了下来,耳朵裂开,血一直流到肩膀上。双卿喜欢写诗填词,但乡下没有人欣赏她的作品,她自己也不想让人知道。偶尔有了作品,她就用笔蘸着搽脸的粉写在一些植物的叶子上。史震林和他的朋友看到了双卿的作品非常感动,在《西青散记》里,共收了双卿的词十四阕,诗三十九首,文五篇。

《西青散记》里没有记载双卿的姓,后来道光年间的举人黄韵珊编的《国朝词综续编》始冠以贺姓。在清代词话中,丁绍仪的《听秋声馆词话》也提到了贺双卿,并说自己的外祖父筠溪公曾为双卿赋芦叶诗二百余言。陈廷焯的《白雨斋词话》对双卿的词有很高的评价。双卿的词一共只有十四阕,陈廷焯在他所编的《词则·别调集》中就选了十二阕。陈锐的《裛碧斋词话》说,他自己幼时也酷爱贺双卿的词。他读到过一本乾隆年间进士董东亭的《东皋杂抄》,认为这些词是金坛(丹阳)田家妇张氏庆卿之作。里居相同,姓名不同,真的是很难考证了。

《西青散记》本身有笔记小说的性质,而且它还记载了许多"女仙""女鬼"的故事和作品,所以对双卿这个人到底有还是没有,后人历来有不同看法。例如,近人胡适之先生就写了一篇《贺双卿考》,认为贺双卿乃是史震林他们那些穷酸才子在白昼做梦时悬想出来的所谓"绝世之艳,绝世之慧,绝世之幽,绝世之贞"的佳人。而1993年中州古籍出版社出版的杜芳琴女士的《贺双卿集》，则认为果然有贺双卿这个人。前些年，国外兴起女性主义研究，在陆续举行的几次研讨会上先后有方秀洁女士、罗溥洛先生、康正果先生、苏者聪女士等发表关于贺双卿的论文。其中方秀洁等西方学者撇开了双卿的词，完全是从《西青散记》的作者史震林的角度来讨论，而国内学者苏者聪女士则把双卿完全落实了，认为她代表了当时被压迫的农村妇女。还有台湾的周婉窈女士，她不同意杜芳琴的观点，认为要证明贺双卿实有其人，还需要更多的历史考证。

那么，到底有没有双卿这样一个作者写了这些词呢？我个人以为，不管她是不是姓贺，但她写了这些词应该是真实的。我是根据文学本身的性质来作出的判断。因为，双卿的这些词极有特色，绝不是史震林所能够编造出来的。不但史震林编不出来，而且我所看到的从唐宋直到清代的词人，没有一个人能够写出来双卿这样的词。史震林自己的词，包括他那些女仙女鬼的词，没有一首有双卿的风格；古往今来，也没有一个人写过这样风格的作品。因此，作为一个女词人，双卿的作品是真正了不起的，是非常值得重视的。

谈到词的特质我曾说过，就男性作者的作品来说，词与诗是不同的。诗是言志的，而词只是为歌女写的歌词。从早期花间词开始，词就形成了一种"双性"的美感特质。我们知道，词这种文学体式的美属于阴柔的美而不是阳刚的美，因此花间词的作者是用女性的语言去写女性的形象与女性的情思。然而实际上他们本身都是男性，当他们以女性口吻写女性对爱情的向往和失落爱情的悲哀时，无意之中就流露出属于男性的"感士不遇"的悲慨。这就是花间词所特有的一种"双性"的美。可是当词的这种美感特质形成之后，这双性的"性"，就不一定是性别之性了。例如苏东坡和辛弃疾，他们不一定还用女性的口吻来写词，但苏词和辛词的优秀作品都是既有豪放旷达的一面，同时又有挫折和压抑的一面。实际上，这也是一种"双性"，就是双重的性质。或者说是一种双重的意蕴。总而言之，好词一定要给人留下有余不尽的言外的意蕴，这是在读者心中已经形成的一个期待的视野。大家都觉得，词一定要有这种言外的双重性质才是好的。

至于女性的作者则与男性不同。不管诗也好词也好，她们都是言志。当然那不是男性治国平天下的志，而是女性的情志，即女性自己的生活、体验、感情和感受。但这里边又分两种：一种是早期那些略识文字的歌伎酒女，她们所写的词是纯女性的；另一种是女子如果受了很好的教育，如李清照、徐灿等，她们的作品里边就不是单纯的女性的生活体验和感受，而是混合进了男子的志意。当然了，李清照是尽量避免把这些东西表现在词里边，而徐灿则把对家国的感慨都写进了词里。所以徐灿的词有两重的言外意蕴：一个是言外的对沧桑的感慨，一个是言外的对她丈夫出仕清朝的不同态度。这样的词，是合乎词的双重意蕴之美感的。

而双卿不像李清照和徐灿，她不是名门大家的闺秀，没有读过经史子集那么多书，她完全是凭天才的、直觉的、本能的感受写词。她的词完全是一种非常纤柔的女性之美，没有双性，而是纯乎纯的女性的作品。我说过，从花间词开始，传统词中优秀的作品都有一种"双性"之美。那么，像双卿这种只有单性没有双性的作品是不是好词呢？这真是一个很微妙的问题。事实上，正是最好的词才是如此的。我们说词本身应该有一种幽微要眇的特性，应该有一种给读者以言外联想的意蕴，词是以这种特质为美。一般人常常是从意义和托喻上来追求这种意蕴的：即词的表面有一层意思，它的里面又有一层意思，这才形成了双重的意蕴，才给人以言外的联想。而唯独双卿的词很妙：它不是意义上的双重，它没有托意也没有比兴寄托，就仅凭它自身纯乎纯的女性之美，居然也就产生了一种深远的意蕴。我讲过吴伟业的词，他用了一大堆典故，那是学人之词；还讲过陈维崧的词，那是逞才使气的才人之词。而双卿的词既没有典故学问和比兴寄托，也没有逞才使气，这才是真正的词人之词。她所凭藉的，完全是她的本质，她内心感情的本质就是这样幽微要眇和深曲的。也就是说，从男女性别的双性，到双重意蕴的双性，到纯乎纯地从本质上就有深远的意蕴，这里边都包含了对幽微要眇和深曲的要求，因此它们同样是词所特有的美感特质。而双卿的词虽然不是双性，但由于它那种纯乎纯的女性之美里边本身就含有深远的意蕴，所以是合乎词的美感特质的。下面我将通过对双卿的几首词的赏析来证明这一点。

望江南

春不见，寻遍野桥西。染梦淡红欺粉蝶，锁愁浓绿骗黄鹂。幽恨莫重提。

人不见，相见是还非。拜月有香空惹袖，惜花无泪可沾衣。山远夕阳低。

这两首《望江南》的小令，第一首是写对春的寻找，春天到底来了还是没来呢？那春天，不是画栋雕梁中的春天，而是山村草野中的春天，所以是"寻遍野桥西"。"淡红"指花，花刚刚有了嫩芽还没开放,所以是浅浅的淡红的颜色。而"染梦"就很妙了。它是说,花虽然还没开,但花如果有知有情,那么在它的生命萌发之际,它该有多少希望、多少期待和多少梦想啊!蝴蝶飞来是要采花粉的,花开了才有花粉,但现在花还没开,它的"染梦淡红"就把蝴蝶引来了,所以是"欺"。"锁愁浓绿"是说,树已经开始绿了,在那绿色的烟霭之中,好像有一种忧愁的气氛在那里。而这"锁愁浓绿"骗得黄鹂鸟也以为春天已经来到了。这两句,都是写早春季节的景色,而在景色里却包含了一种对春天的憧憬和期待。花有对生命美好的憧憬与期待,粉蝶和黄鹂也有对生命美好的憧憬和期待,那么人对自己的生命不是也有过美好的憧憬和期待吗?她说,我双卿也曾像春天的花一样对人生有过一个美好的梦,而我双卿也像粉蝶一样被染梦的淡红欺骗了,像黄鹂一样被锁愁的浓绿欺骗了,我的梦幻已经破灭了,我的期待已经落空了。所以是"幽恨莫重提"。

第二首是写对人的寻找。西方哲学家马斯洛说过,寻找归属是人的一种需求。我以前在台大教书的时候看过一篇文章,说人最好的感情投注,就是投向另外一个人的心灵。可是当你要找真正能够把自己的感情投入他心灵的这样一个人,你找得到吗?你偶然看到一个人,以为就是他了,但走近一看不是,那真是"相见是还非"。"拜月有香空惹袖,惜花无泪可沾衣",中国古代的女孩子在月圆的时候有"拜月"的习俗,就是对着天上那圆满的明月祝愿自己也有一个圆满的光明的归宿与姻缘。元杂剧里不是有一出戏就叫《拜月亭》吗?拜月的时候是要焚香的。她说,我也拜了月,我也焚了香,可是我白白地让衣袖沾惹上了焚香的香气,而我拜月时所期待的那个光明圆满的归宿却没有实现。她说,我是爱花的,为了人间的春归花落我已经流尽了我的眼泪,所以现在都已经无泪可流了,因为我的一切梦想都落空了。这两句,她写的是情。而下边她说"山远夕阳低",远山那么遥远,而且在山的那一面,太阳已经快要落下去了。这一句写的是景。但她的所有那些盼望与期待落空的悲哀,都已经被糅进景物之中去了。

二郎神 咏菊花

丝丝脆柳。袅破淡烟依旧。向落日,秋山影里,还喜花枝未瘦。苦雨重阳挨过了,亏耐到、小春时候。知今夜,蘸微霜,蝶去自垂首。　　生受。新寒浸骨,病来还又。可是我、双卿薄幸,撇你黄昏静后。月冷阑干人不寐,镇几夜、未松金扣。枉寨却,开向贫家,愁处欲浇无酒。

其实双卿写得最好的还不是小令而是长调。长调本来是不大好写的,可是双卿的长调能够写得单纯浅易而又有幽深窈曲的意境,这非常不容易。这首词是写菊花的。她说"丝丝脆柳。袅破淡烟依旧"。在秋天,柳树枝条已经差不多快要干枯了,可是还在那日暮黄昏的烟霭中袅动。她说,就在这个时候,我高兴地发现,菊花还在茂盛地开着。李清照有句曰"帘卷西风,人比黄花瘦",而双卿在这里说的是"还喜花枝未瘦"。菊花本是最能坚持最能忍耐的花,所以能在寒冷的秋天开放。前些时有朋友送给我一束各种各样的花,我把它们插在瓶里,开来开去,陆续凋谢,最后就只剩下菊花了,可见菊花的生命力确实强过其他的花。现在她说,"苦雨重阳挨过了,亏耐到、小春时候"。秋天阴雨连绵,到重阳节,天气已经越来越冷了。双卿说这菊花挨过了苦雨,挨过了重阳,居然就挨到了十月小阳春的季节。

写词,怎样写才能够不浅薄?是多用些典故出处,还是多用些唐人诗句,还是尽力避免用浅俗的词语?其实这些都不是最重要的,你只要写得好,什么词语都可以用。像李后主说"林花谢了春红",这"谢了"不就是很浅俗的白话词语吗?在这里双卿说"挨过了",说"亏耐到",同样浅白单纯,但写得真是好,因为里边有感情。她写菊花在苦雨和重阳的挫伤之中的忍耐与承受,写得不但有感情,而且有品格,有修养。虽然用的都是俗字,但每个字都用得恰到好处。

"知今夜,蘸微霜,蝶去自垂首",她说,我知道今天晚上霜就要下来了,你的花瓣要承受夜晚的寒霜,九月的时候还有蝴蝶飞来陪伴你,而现在天气冷了,蝴蝶都冻死了,你除了独自承受寒冷,还有什么办法?"生受"也是一个很俗的词语。寒霜下来了,你无可逃避,没有人对你关怀保护,你自己不承担不忍受又当如何!所以是"生受"——硬生生地去承受这种苦难。写到这里,花和人已经慢慢合在一起了。"新寒浸骨,病来还又",说的是花也是人。花要承受秋夜的寒冷,而双卿是有疟疾病的,疟疾的症状就是一会儿发冷一会儿发热。但接下来她说"可是我、双卿薄幸,撇你黄昏静后"。你看,她不是怨上天或者别人对她的薄幸,而是反省自己对花的薄幸:如果我爱菊花,我就该昼夜陪伴你才对,可是在你承受夜晚寒霜的苦难的时候,我撇下你一个人就走了,你难道不怨我吗?"月冷阑干人不寐,镇几夜、未松金扣",前一句虽点出是人,但后一句却同时是花也是人。双卿夜里常常发病,所以衣不解扣;而菊花是黄颜色,黄色的花含苞而不展开,也是"未松金扣"。下面她说"枉辜却,开向贫家,愁处欲浇无酒",你肯开到我这样的贫穷之家,可是我竟不能为欣赏你而准备酒,真是冷落了你,辜负了你的一片心意。为什么没有酒就辜负了花?因为李商隐说过"纵使有花兼有月,可堪无酒更无人";杜甫也说过"竹叶于人既无分,菊花从此不须开"。竹叶,指的是竹叶酒。古人在赏花的时候,总是离不开酒的。

对这首词,陈廷焯评论说:"此类皆忠厚缠绵,幽冷欲绝,而措语则既非温、韦,亦不类周、秦、姜、史,是仙是鬼,莫能名其境矣。"双卿不埋怨别人对她的薄幸对她的冷落,却说自己对不起花,把花冷落了,这是她的忠厚缠绵。而且她把这一份感情写得这样幽凄,这样寒冷。从唐宋词人到近代词人,包括《西青散记》里那些女仙女鬼,没有一个人的词有双卿这样的风格。所以我不以为双卿的词是假的,因为像双卿这种独具特色的词,绝不是造假的人所能够造出来的。

惜黄花慢　孤雁

碧尽遥天。但暮霞散绮,碎剪红鲜。听时愁近,望时怕远,孤鸿一个,去向谁边。素霜已冷芦花渚,更休倩、鸥鹭相怜。暗自眠。凤凰虽好,宁是姻缘。　　凄凉劝你无言。趁一沙半水,且度流年。稻粱初尽,网罗正苦,梦魂易警,几处寒烟。断肠可似婵娟意,寸心里、多少缠绵。夜未闲。倦飞误宿平田。

"碧尽遥天。但暮霞散绮,碎剪红鲜",这几句写眼前风景写得真好,都是自己的感受,没有一点儿陈腔滥调的抄袭。一片蓝天,蓝得那么远,在那遥远的蓝天上,黄昏的晚霞铺散开来像织锦的彩色丝绸一样。"暮霞散绮"四个字,一般人倒也能写得出来。可是"碎剪红鲜"这四个字,写得真是新鲜真是好,完全是双卿自己的感受。她说晚霞那鲜红的颜色,就好像是把鲜红色的绮罗剪碎成一条一条一片一片的。这真是出人意料入人意中。出人意料就是别人从没这么说过;入人意中就是写出来让人家一看,真的就是那么回事嘛!而这几句,还只是一个背景。她正式要写的,是在"碧尽遥天。但暮霞散绮,碎剪红鲜"的天空上飞过的一只孤雁。她还不是说它飞过,她说它是"听时愁近,望时怕远,孤鸿一个,去向谁边"。为什么"听时愁近,望时怕远"?因为雁的叫声是很凄凉的,但雁的声音也给人一种期待和盼望。南北朝时的诗人薛道衡有诗曰:"人归落雁后,思发在花前。"他说我期待你的信,现在雁已经回来了,你人还没有回来,而在花还没有开的时候,我对你的思念就已经开始了。中国的诗里边常常有各种形象,有的形象有一种暗示的作用,也就是我以前说过的"语码"的作用。雁的叫声凄凉,会引起你的哀怨,所以你"听时愁近";但雁的身上寄托有你所盼望的信息,你不希望它远飞消逝,所以又"望时怕远"。而雁是一种弱势的飞禽,一定要成群结队排成雁阵才能够彼此有一个照应。据说雁群落脚在芦塘里休息的时候,其中也总有一只在那里守卫,以防备突然发生的危险。所以,落单的孤雁是危险而无助的。刚才我曾提到西方哲学家马斯洛说过,人生有几种不同层次的需求,最基本的是生存的需求,然后有安全的需求,有归属的需求,最高层次是自我实现的需求。所谓"归属",是你要有一个群体可以加入。可是"孤鸿一个,去向谁边",你没有归属,没有归宿,你准备飞向哪里?正如王国维的词所说的,"天末同云暗四垂,失群孤雁逆风飞。江湖寥落尔安归"。而双卿说的是"听时愁近,望时怕远,孤鸿一个,去向谁边"。

"素霜已冷芦花渚,更休倩、鸥鹭相怜。"雁一般都栖宿在芦苇塘的水边,但那里现在已满是白色的寒霜,而且找不到雁的同伴。水面上虽然还有鸥鸟还有鹭鸶,但那不是你的同类,你不能指望得到它们的怜悯和帮助。那么凤凰呢?她说,"凤凰虽好,宁是姻缘"。凤凰当然不同于鸥鹭,那是一种高贵的鸟,可你也不是它的同类,你是雁哪!凤凰也绝对不会成为你的伴侣的。陈廷焯读到这里有一个评论说:"读此觉虽速我讼,亦不汝从,尚嫌过激,不及此和平中正也。""虽速我讼,亦不汝从"是《诗·召南·行露》中的两句,诗中写一个女子不愿夜间到野外行走,对不合礼法的求婚不肯屈服。她说,你就是去告我把我送到牢狱里去,我也不会答应你。刚才我不是提到胡适之说双卿是史震林他们白昼做梦悬想出来的"绝世之艳,绝世之慧,绝世之幽,绝世之贞"的佳人吗?中国男子对女子的要求就是这样的——不但要有貌有才有意,还要有贞,也就是要有品德之美。《诗经》里所写的就是一个有品德的女子。但陈廷焯说,那个女子说话太激烈了,同样是拒绝,就不如双卿的"凤凰虽好,宁是姻缘"说得那么温厚委婉,有一种中正和平之美。

下半首,"凄凉劝你无言。趁一沙半水,且度流年",这是双卿词中特有的一种境界,也就是陈廷焯所说的"忠厚缠绵"。有很多人喜欢怨天尤人,这其实一点儿好处都没有。双卿说,你孤雁的生活当然是凄凉悲苦的,可是你不要埋怨也不要向别人诉说你的悲苦,其实只要有一片沙地,有半湾流水,你就可以自己安排自己。抱怨是没有任何用处的,你要防备的是"稻粱初尽,网罗正苦,梦魂易警,几处寒烟"。稻子已经收割完,田里已找不到你的食物,而秋天正是猎人出来打猎的时候,你一个孤雁在睡梦中都需要警醒,否则就会被打下来成为人类宴会上的一盘佳肴。王国维那首咏孤雁的词也这么说过的:"陌上金丸看落羽,闺中素手试调醢。今宵欢宴胜平时。"

"断肠可似婵娟意,寸心里、多少缠绵",她说假如孤雁有知,孤雁有情,那么你们孤雁断肠的感受,是不是也跟我断肠的感受一样?在你的寸心之中,是不是也还存有对于往事对于伴侣对于相思的许多怀念难以放下?但是现在黑夜已经来临了,是"夜未阑。倦飞误宿平田"。在夜还没有完全静下来的时候,你已经飞得筋疲力尽再也飞不动了,于是你便作出了一个错误的决定,落到平田之中去休宿。要知道,平田对雁来说是危险的地方,打雁的猎人正在那里埋伏。你实在不应该落在那里,你会被人家捉住做成一盘美味的啊!

这首词写得真是有感情,真是哀怨缠绵。陈廷焯评论这首词说:"此词悲怨而忠厚,读竟令人泣数行下。"双卿的词,能够使男性词人被她感动得流泪,这正是由于她是以纯乎纯的女性之美而能将词写得幽深窈曲,其感情的本身就有一种深远意蕴的缘故。

说王国维词五首

浣溪沙

　　本事新词定有无,这般绮语太胡卢,灯前肠断为谁书? 隐几窥君新制作,背灯数妾旧欢娱,区区情事总难符。

在我开始评说这一首词以前,我想先把我之所以选录这一首词作为评说之例证的原因,略作简单之说明。本来在王氏词集中以叙写情事为主的属于"造境"之作,还有不少其他很好的例证,即如其《虞美人》词的"碧苔深锁长门路"一首,《蝶恋花》词的"莫斗婵娟弓样月""昨夜梦中多少恨"、"黯淡灯花开又落"及"百尺朱楼临大道"诸首,就应该都是以叙写情事为主而隐含有幽深丰美之意蕴的"造境"之作。而且这几首词一向早就被读者所传诵。樊志厚的《人间词乙稿·序》也曾经对其中"百尺朱楼"及"昨夜梦中"诸首大加赞美,谓其"意境两忘,物我一体,高蹈乎八荒之表,而抗心乎千秋之间"。我们如果举引这王氏的代表作来加以评说,本来原有不少可供发挥之处,但本文既为篇幅及体例所限,对其"写境"与"造境"之作中的以景物为主及以情事为主的词例,都只能各举一首为例证,因此在选择考虑其去取之际,自不免煞费周章。而最后我却终于决定选取了所抄录的这一首《浣溪沙》词,而对于那些传诵众口的佳作则只好忍痛割爱了。我之所以作了这样的选择,其原因盖有以下数端。第一是因为其他诸首既已为读者之所熟知,自然不需我再费笔墨来加以评说,此其一。第二是因为其他各首之为"造境"的象喻之作,多属一望可知,而这一首《浣溪沙》词则自其表面所叙写的情事来看,乃大似其写"闺情"的写实之作,然而事实上这首词却包含有极为幽微深曲的喻说的意蕴,故尔值得加以评说,此其二。第三是因为其他诸词纵然亦有深微之意蕴,然其所蕴涵者乃大都为王氏之作品中较为常见的情意。即如其《虞美人》(碧苔深锁)一首词,末二句所写的"从今不复梦承恩,且自簪花坐赏镜中人",所表现的乃是虽在孤独谗毁中也依然保有的一份高洁好修的操守。这与他的《蝶恋花》(莫斗婵娟）一首词中，末二句所写的"镜里朱颜犹未歇，不辞自媚朝和夕"的意境，便大有相近之处。再如其《蝶恋花》（昨夜梦中）一首词中，所写的"梦里难从，觉后那堪讯"二句所表现的梦中之追寻与醒后之失落的悲哀，则与他的《苏幕遮》（倦凭阑）一首词中所写的"梦里惊疑，何况醒时际"的意境大有相似之处。又如其《蝶恋花》（黯淡灯花）一首词所写的"但与百花相斗作，君恩妾命原非薄"二句，所表现的对于所爱之对象的专一而不计报偿的深挚之情，则也与他的《清平乐》之"斜行淡墨"一首词中所写的"厚薄不关妾命，浅深只问君恩"的意境大有相似之处。更如他的《蝶恋花》（百尺朱楼）一首词所写的"陌上楼头，都向尘中老"二句，所表现的虽然处身在高楼之上，然而也终难逃于向尘中同老的既哀此人世又复自哀的感情，便也与他在《浣溪沙》（山寺微茫）一首词中所写的"可怜身是眼中人"的意境大有相似之处。凡此种种，都足以证明王氏这几首名词中之意蕴，虽然也有幽微深婉的极可赏爱之处，然而其意境却大都为王氏词中之所习见，且其性质亦大都同属于有关人生之情思与哲理。然而我们现在所要评说的这一首《浣溪沙》（本事新词定有无）词，其所蕴涵的却并非王氏词中所习见的有关人生的情思与哲理，而乃是一种关于创作的艺术上的反思和体悟。像这种用小词来写艺术方面的反思和体悟的意境,本已极为罕见,而且王氏更能全以写"闺情"的极自然真切的"写实"之手法表出之,则不仅罕见,更属难能。这种开创与成就,自是极可重视的,故乃决定选而说之。此其三。以上既说明了我们之所以选取这首词的种种原因,下面我们就将对于这首词尝试一加评说了。

先从这首词表面所写的一层情意来看,则其所写者固原为闺中的一种儿女之情。词内有"君"、有"妾","君"是写词的人,"妾"是读词的人。开端一句的"本事新词定有无"是写所谓"妾"的女子在读词时所产生的一种猜测忖度的心理,其意盖谓这首新词中所写的情意究竟到底有没有一段爱情的本事呢?"定有无"之"定"字,就正表现了读词之女子的定欲知其"有无"之真相的一种迫切的心情。而下一句的"这般绮语太胡卢",则正点明了这一首新词之所以引起此一读词女子之猜测的一些重要的因素。因素之一是为其有"这般绮语";因素之二则是为其叙写得"太胡卢"。所谓"绮语"者,指的自然是一些温柔缠绵的绮艳的言语,这自然是引起此读词之女子以为其中有爱情"本事"之猜测的一个重要的因素。而"太胡卢"则是谓其所写者却又极为幽微隐约使人难以作真实之确指。这是使得此读词之女子对其中之本事又感到终于疑想难定的又一个重要因素(按此句在《观堂集林·缀林》所载之《长短句》中,原作"斜行小草字模糊",则但写其书法字迹之模糊,与上句之所谓"本事"无关。本文所据乃陈乃文辑本之《静安词》,与上句正相承应,于义较胜,故从之)。以上二句所写是此一女子由读词而引起的猜想。然而引起此女子之猜想者,原来还不仅是由于词中之"绮语太胡卢"而已,其尤足引人猜想者则是由于此女子眼中所见之男子在写词时所表现的一种深挚投注的感情,故乃有第三句之"灯前肠断为谁书"之语。曰"灯前",是此一男子写词时所处之地;曰"肠断",是此一男子写词时所有之情。夫深夜灯前固原为引人幽思遐想之时地,而心伤肠断则又为何等深挚恳切之情怀,此所以使人疑想其所写者必有爱情之本事之又一因也。然而却又以其"绮语太胡卢"而难以测知其本事之究竟谁指,故乃有"灯前肠断为谁书"之内心之疑问也。

以上前半阕之所写,既都是此一读词之女子对于词中之"绮语太胡卢"所引起的疑问,于是后半阕乃接写此一女子欲对词中之本事更作进一步之探寻的努力。换头二句"隐几窥君新制作,背灯数妾旧欢娱",写此一女子遂凭倚于此写词之男子的书几之侧而窥视其新写成之词作,然后背灯回面而仔细计数其自身与此一男子之间所曾有过的种种旧日之欢娱,其意盖在于欲以求证此男子词中之所写是否与女子自身所计数之欢爱之果然相符也。而最后乃发现此词中所写之情事，与其记忆中所细数的旧日之欢娱之终然难以相合，故乃结之曰"区区情事总难符"。"区区"二字在此句中，盖可能有双重之取意：其一，可以为私心所爱之意，如辛延年之《羽林郎》一诗，即曾有"私爱徒区区"之句，可以为证；其二，可以但为琐细纤小之意，此为一般人所习用之意。如此则承上句之"数妾旧欢娱"言之，此所谓"区区情事"，自当指此女子心中所计数之种种私爱中之琐细之情事。而计数之结果，则是"总难符"。于是此词开端所提出的"本事新词定有无"之疑问，乃终于不能求得一现实之情事以印证之矣。

以上是我们从这一首词表面所写的闺中儿女之情事所作出的极简单的解说。观其所使用之辞语，曰"本事"，曰"绮语"，曰"灯前肠断"，曰"隐几"，曰"背灯"，曰"妾"，曰"欢娱"，曰"区区"，若此之类，即都表现有一种儿女之情的色彩，加之以其叙写之口吻又极为生动真切，是则此词乃果然为一首但写儿女闺情的"写境"之作矣。然而私意却以为此词实为一首"造境"的喻说之作。我之所以作此想者，一则盖因其叙写之口吻虽然亦复生动真切，然而却实在并未表现有任何真正属于现实的爱妒悲喜之情。如果以此词与王氏其他果然写儿女之情的作品相比较，则如其《鹊桥仙》(绣衾初展)一首之写离别后的欢会,《蝶恋花》(阅尽天涯离别苦)一首之写生离之后又面临死别的哀痛,就不仅都有王氏与其妻子莫夫人之生离死别的本事为印证,而且其全出于主观的叙写之口吻,所表现的欢欣与哀悼之情便也都是明白可见的。而这一首《浣溪沙》词,则不仅假托为"妾"之口吻以写出之,而且此所谓"妾"者,在全篇整体的背景中,似乎也已化成为被叙写之情事中的一个客体了。于是此词中所叙写之情事遂亦因而整个化成了一种被叙写的以情事为主的事象,于是遂产生了一种象喻之可能性,此其一。再则这首词中的每一句词,似乎都喻说了一种属于创作的体验和情况,这当然绝不可能仅只是出于巧合,而必是出于有心的象喻,此其二。因此下面我就把我个人所见到的这首词中的一些象喻的意思,也略加说明。

先说第一句"本事新词定有无"。所谓"本事",在中国传统诗词中一般有广狭二义:广义的"本事",可以指任何作品凡其中内容之有真实事件可指者,皆可谓之为有"本事";至于狭义的"本事",则一般多指作品中涉及有关于男女之爱情事件者,则谓之为有"本事"。此词之所谓"本事",自当是指狭义的爱情事件而言。而谈到爱情事件,则往往最易引起读者探寻的兴趣。可是在中国的旧道德传统中,爱情又往往被人认为是一种极不正当的事件。于是在这种观念中,遂形成了两种情况:一方面是读者对于爱情事件的探寻,往往怀有极强烈的兴趣;而另一方面则作者对于此种爱情之猜测,又极力想做出并无其事的表白。这两种情况本已相当复杂,而使这种情况更加复杂起来的,则是中国的诗歌又有着一个以爱情为托喻的悠久的传统。于是一切芳菲悱恻的诗篇,遂同时都可以给读者以爱情及托喻的双重联想。于是对于其中"本事"的是非有无当然也就极易引起人的争议。如何解决这些争议,这在中国诗歌的研讨中本已形成为一项重大的课题,而王氏此词的开端一句,却以"本事新词定有无"短短的七个字,就扼要地掌握了有关诗歌之创作和评说的如此重大的一个问题,这种统摄一切的识见和这种精妙的表现手法,都是不凡的。不过王氏所想要表述的却还不仅是一个文学上的泛泛的问题而已,他所要表述的实在更特别指向了一种词的特质,所以他便不仅在句首提出了"新词"两个字,而且更在下一句的"这般绮语太胡卢"中,以外表的写实之语,描述了词在文学艺术方面的一种特质,而这种描述则与王氏在《人间词话》中所提出的说词之理论正相吻合。王氏曾谓"词之为体,要眇宜修",所以如果把词与诗相比较,则词当然比诗更多"绮语"。王氏又曾谓:"诗之境阔,词之言长。"还曾谓:"词之雅郑,在神不在貌。"可见诗中之意境虽然可以较词更为开阔博大，但多为显意识中可以指说之情事，而词之特质则更在其能予人以一种意在言外的长远而丰富的联想，故其妙处所在，也就更难于像诗一样从外貌所写的情事作切实之指说，因此自然就不免形成为"这般绮语太胡卢"的一种特质了。

以上还不过是但就词之特质言之而已，若再就词之作者言之，则词之写作与诗之写作原来也有一个极大的分别，那就是诗人在写诗时往往都在显意识中明白地有一种言志之用心，因此诗歌之内容乃往往有一个鲜明的主题，可以为读者所察见。而词人在写词时则往往只是为一个曲调填写歌辞，即使后世之词已经不再真正地付诸演唱，但写词之人在写作小词时也往往仍是但以写伤春怨别之辞为主，并不在词中明白地表达言志之心意，因此词之写作，就作者言之便也同样不免于有一种"绮语太胡卢"之致。只不过词人之写词，虽在显意识中往往并没有明白的言志之用心，可是在写作过程中却又往往会不知不觉地把自己内心中最深隐幽微的一份情感之本质投注流露于其中，是以就其隐意识中的深挚之情言之，自然亦可以有断肠之痛，然而若就其显意识言之，则却并不一定可以在理性上作出确切的说明。而此词之"灯前肠断为谁书"一句，就恰好极为委曲而贴切地传述了这一份显然断肠也难以明白言说的深隐的情思。这正是只有在词之写作中才能体会到的一种感受。

至于下半阕的"隐几窥君新制作,背灯数妾旧欢娱,区区情事总难符"三句,则就其表面所写的现实情事来看,其所谓"君"与"妾",固分明为一男子与一女子,一为写词之人,一为读词之人,当然应该是两个人。然而若就其更深一层的象喻来看,则此两人实在乃是作者一个人的双重化身。如我在《王词意境之特色》一文中所言,王氏在其词论中,原曾提出过"观物"与"观我"之说,我当时对此曾加以解释,说"若把景物作为对象来加以观察叙写,则是一种'观物'之作";若把自己之"情意""作为对象来观察叙写,便是一种'观我'之作"。可见能写者固然是我,能观者也依然是我。而且此能观的我还不仅只是能观其自我之情意而已,同时还更能对其写作之自我也取一种能出乎其外而观之的态度。因此这首词中所写的"君"与"妾"表面虽是二人,然而却实系一人,写词之"君"是我,窥词之"妾"也是我,还有背灯计数旧欢娱的,也仍然是我。盖以一般作者在写作之际,往往同时也另有一个我在观察和批评。而自我观察和批评的结果,则往往会觉得自己所写的并未能将自己真正所感的加以充分适当的表达。此种情况盖正如陆机在其《文赋》中论及写作时之所言:"每自属文,尤见其情,恒患意不称物,文不逯意。"此正所谓"区区情事总难符"也。何况小词情致之深隐幽微固有更甚于一般其他诗文者,则其"区区""难符"自亦更有甚于陆机《文赋》之所言者。昔陆机以赋体写为文论,曾为千古之所艳称,今兹王氏乃以一极短小之令词的体式,用象喻之笔写出了含蕴如此丰美的词论,这在词之写作的领域中,自然是一种极可重视的开拓和成就。

浣溪沙

月底栖鸦当叶看,推窗跕跕堕枝间。霜高风定独凭阑。　　觅句心肝终复在,掩书涕泪苦无端。可怜衣带为谁宽。

从这首词开端的"月底栖鸦"四个字来看,王氏所写者固原为眼前实有的一种寻常之景物。可是当王氏一加上了"当叶看"三个字的述语以后,却使得这一句原属于"写境"的词句,立即染上了一种近于"造境"的象喻的色彩。其所以然者,盖因既说是"当叶看",便可证明其窗前之树必已经是枯凋无叶的树,而所谓"栖鸦",则是在凄冷之月色下的"老树昏鸦",其所呈现的也应原是一派萧瑟荒寒的景象,可是王氏却偏偏要把这原属于荒寒的"栖鸦"的景色作为绿意欣然的景色来"当叶看"。只此一句，实在就已表现了王氏在绝望悲苦之中想要求得慰藉的一种挣扎和努力。然而现实毕竟是现实，无论诗人在感情方面抱有多么大的期待和幻想，残酷的现实也终于会把它们全部摧毁和消灭。所以当诗人想要把隔在中间的窗子推开，对于幻想中之"当叶看"的美景，作进一步的探索和追寻之时，乃蓦然发现这些枝上不仅本然无叶，而且就是那些暂时点缀在枝上，可以使诗人"当叶看"的"栖鸦"也已经飞逝无存了。

在这句中，王氏所用的"跕跕"二字，盖原出于《后汉书》之《马援传》。本来是写马援出征交阯之时，当地的气候恶劣，"下潦上雾、毒气熏蒸"，连飞鸟也不能存活，所以"仰视飞鸢跕跕堕水中"。王氏使用了此一有出典的"跕跕堕"三字，实在用得极好。第一，此三字原为形容飞鸟之语，"鸦"亦为飞鸟之一种，故可用此三字形容"鸦"，此其一。第二，此一古典之运用，遂使静安词别有一种古雅之美，此其二。第三，就王氏所见之实景而言，当其推窗之际，窗外之鸦自当是惊飞而去，而绝非如《马援传》所写的"跕跕"而"堕"，然而王氏既曾将此"栖鸦""当叶看"，则树上栖鸦之消逝，就诗人之想象而言，固又正如落叶之再一次的飘堕。如此则现实自然中本已有过的一次叶落，固已使诗人遭受过一次美好之生命已归破灭的打击，如今则幻想中"当叶看"的"栖鸦"乃竟然又一次如叶之飘堕，是则对诗人而言，乃更造成其幻想中之美好的景象又一次破灭无存，于是此"跕跕堕"三字遂有了一种超写实的象喻感，此其三。第四，"跕跕堕"三字在《马援传》中写飞鸟之堕，盖原由于环境之恶劣，因而在王氏此句中的"跕跕堕"三字，遂亦隐然有了一种隐喻环境之恶劣的暗示，此其四。

于是，在此二句所写的"当叶看"与"跕跕堕"之幻想破灭之后，所留给诗人的遂只余剩下了一片毫无点缀、毫无遮蔽的寂寞与荒寒。于是诗人遂写下了第三句的"霜高风定独凭阑"。"霜"而曰"高"，自可使人兴起一种天地皆在严霜笼罩之中的寒意弥天之感。至于"风"而曰"定"，则或者会有人以为不如说"风劲"之更有力，但私意以为"定"字所予人的感受与联想实在极好。盖以如用"劲"字，只不过使人感到风力依然强劲，其摧伤仍未停止而已；而"定"字所予人的感受，则是在一切摧伤都已经完成之后的丝毫更无挽回之余地的绝望的定命，正如李商隐在其《暮秋独游曲江》诗中所写的"荷叶枯时秋恨成"之"恨成"，也正如《红楼梦》中《飞鸟各投林》一曲所说的"好一似食尽鸟投林，落了片白茫茫大地真干净"之一切荣华早已归于无有的"真干净"。然则诗人在面对如此情境之下"独凭阑",又该是如何的一种感受和心情?把一切悲悼、绝望、寂寞、高寒之感都凝聚在一起,而却以"独凭阑"三字写得如此庄严肃穆,这实在是静安词所特有的一种境界。

以上前半阕的三句本是以写外在之景象为主的,然而王氏却在写景之中传达了这么丰富的感受和意蕴,遂使得原属于"写境"的形象同时也产生了"造境"的托喻的效果。这种形象与托喻相结合的力量既已经如此之丰美强大,于是下半阕遂不再假借任何景物与托喻,而改用了直抒胸臆的叙写。至于如何直抒胸臆,则王氏此词原有两种不同之版本,我们在前面所抄录的是收入于《观堂外集》中的《苕华词》的版本,但在其早年所编印的《人间词》的版本中,则此二句原作"为制新词髭尽断,偶听悲剧泪无端"。私意以为《苕华》本较胜。盖以《人间》本的两句,所表现的只有一层情意:前一句"为制新词髭尽断"写作词之辛苦,用古人"吟安一个字,捻断数根髭"之句,谓因作词而髭皆捻断;后一句"偶听悲剧泪无端"则写内心之悲哀易感,故偶听悲剧而涕泪无端,如此而已。可是《苕华》本的两句,却可以传达出更多层次的情意,而其作用则全在用字与语法之切当有力。先说"觅句心肝终复在"一句，这句从表面看来本也是写作词之用心良苦，与"为制新词"一句的意思似颇为相近，但却因其用字与句法的安排，而蕴涵了如我在《传统词学》一文中介绍西方接受美学时所述及的一种可以给读者以更多感发的可能潜力。

先说"觅句心肝终复在"一句，首先是"觅"字从一开始就暗示了一种探索追寻的努力。再则是"心肝"二字又给予人一种极强烈的感受。其所以提出"心肝"二字者，盖因就中国传统之诗论言之，本来一向都认为"诗"是"志之所之"，"情动于中而形于言"，先要有"摇荡性情"的感动，然后才会有"形诸舞咏"的创作。所以"心"实在是引起创作之感发的一个根源。只不过这种感发之"心"，原是指一种抽象的情思，而并非现实中生理的"心肝"之"心"。所以就一般情况而言，王氏此句本可以写为"觅句心情"或"觅句心怀"，但王氏却并未使用这些习见的字样，而用了给人以一种血淋淋的现实之感的"心肝"字样。这两个字初看起来颇给人一种不舒适的感觉，然而却带有一种极强烈的力量。亦正如蔡琰《悲愤诗》之写伤痛的心情乃曰"怛咤糜肝肺"，杜甫之写关切的心怀乃曰"叹息肠内热"，其作用与效果盖颇有相近之处。而且私意以为王氏所用之"心肝"二字还可以更给读者一种联想，那就是当"心肝"二字连用作为指称抽象的感情之辞时,往往带有一种指责之意味,如一般称人之自私自利对国家社会全然无所关心者,则谓之为"全无心肝"。而王氏此句乃曰"心肝终复在",则反用其意表现了自己对此冷漠无情之人世之终于不能无所关怀的一份强烈而激动的感情。而且"终复在"三个字的叙写口吻更表现了有如李商隐《寄远》诗所写的一份"姮娥捣药无时已,玉女投壶未肯休"的不已无休的缠绵深挚的执著。关于王国维词对于人世的深切关怀,我在《王国维及其文学评论》一书中,于论及王氏之性格与时代之关系时,曾经提出过一段话,说王氏"一方面既以其天才的智能洞见人世欲望的痛苦与罪恶……而另一方面他却又以深挚的感情,对此痛苦与罪恶之人世深怀悲悯,而不能无所关心"。而且王氏早年之所以离开故乡海宁而到上海去求学,继而又远赴日本去留学,主要就正因为他原有一种用世与救世之心。即使当他几经挫折而以写词自遣的时代,他同时就也还写了若干杂文,如其《静安文集》及《静安文集续编》中所收录的《教育偶感》《论平凡之教育主义》《论教育之宗旨》《教育普及之根本》,及《人间嗜好之研究》与《去毒篇》等,也都无一不表现了他对人世的一份深切的关怀。而此词中的"觅句心肝终复在"一句,所表现的就正是这一份深切的感情。而且王氏还更以其"觅"字、"心肝"字及"终复在"的口吻,将这份感情表现得如此深刻曲折而强烈，这就是我所以认为《苕华》本的改句较《人间》本之原句为胜的主要原因。

再说其下面的"掩书涕泪苦无端"一句，此句亦较《人间》本之"偶听悲剧泪无端"为胜。盖以"偶听"一句既已明白指出了"泪无端"是由于"听悲剧"而来，如此则其所谓"无端"者便已有一端绪可寻，因而其悲感遂亦有了一种原因与限度，所以其感人之力遂亦因而也有了限制。至于"涕泪苦无端"之句，则以一"苦"字加强了"无端"之感，是欲求其端而苦不能得之意，如此遂使其涕泪之哀感成为了一种"莫之为而为，莫之致而至"的与生命同存的哀感，于是其所写的哀感之情乃亦自有限扩而为无限矣。这自然也是使我觉得《苕华》本胜于《人间》本的一个原因。至于句首的"掩书"二字，则表面看来虽或者也可视为涕泪之一端，但实际上"掩书"所写的原来只是一个动作，而如果以"掩书"的动作与下文之"涕泪"结合起来看，则可以提供给读者很多层次的联想。首先就王氏的性格来谈，则王氏平生最大的一个爱好就是读书。他曾经自谓："余毕生唯书册为伴，故最爱而最难舍去者，亦唯此耳。"然而王氏研治哲学之结果，既未能求得对人生之完满的解答，其研治史学之结果，亦未能达成救世之理想与愿望，这种动机与结果，自然可以想象为其掩卷兴悲涕泪无端的一项因素。其次则王氏之读书原来也曾有欲藉读书以求自我逃避和慰藉之意。但他逃避和寻求慰藉的结果，则反而是更增加了心灵中的悲苦和寂寞，所以在另一首《浣溪沙》中，他就又曾自叙说："掩卷平生有百端，饱更忧患转冥顽，偶听啼鴂怨春残。　　坐觉无何消白日，更缘随例弄丹铅，闲愁无分况清欢。"是则无论其欲在文学之研读创作中求慰藉，或者欲在丹铅之考证的研读中求逃避，而最终则依旧是"掩卷平生有百端"的悲慨。那一首词的"掩卷"正可作为这一首词中"掩书"一句的注脚。可知其"无端"之涕泪固正由此"百端"之悲慨也。然而王氏的此种深悲极苦之情与悲天悯世之意又谁知之者乎？故乃结曰："可怜衣带为谁宽。"这一首《浣溪沙》词，实在可以说是王氏由眼前寻常景物之写境写起，而却蕴涵有极丰富的深情与哲理的一首代表作。

像这一类从叙写眼前的景物开始，而却引发出多层次的要眇深微之意蕴的作品，在王词中还有不少。即如其《蝶恋花》之"辛苦钱塘江上水，日日西流，日日东趋海"一首词，《好事近》之"夜起倚危楼，楼角玉绳低亚"一首词，《玉楼春》之"西园花落深堪扫，过眼韶华真草草"一首词，便都在所写的景物以外，更有一种幽微深远之意蕴。只是为篇幅所限，本文已不暇详说，只好请读者自己去欣赏了。

浣溪沙

山寺微茫背夕曛，鸟飞不到半山昏，上方孤磬定行云。　　试上高峰窥皓月，偶开天眼觑红尘，可怜身是眼中人。

静安先生在《清真先生遗事·尚论》中尝言诗之"境界有二：有诗人之境界，有常人之境界。诗人之境界，唯诗人能感之而能写之，故读其诗者，亦高举远慕，有遗世之意。而亦有得有不得，且得之者亦各有深浅焉。若夫悲欢离合、羁旅行役之感，常人皆能感之，而唯诗人能写之"。以世谛言之，自以第二种作品为感人易而行事广也。然而静安先生之所作，则以属于第一种者为多。夫人固不能强不知以为知，亦不能强知以为不知，既得此诗人之境界焉，而欲降格以强同乎常人，则匪唯有所不屑，将亦有所不能。而此境界既非常人之能尽得，则以我之庸拙而顾欲说之，得无为持管而窥天，将蠡以测海乎？读其词者，幸自得之，勿为我之浅说所误焉。

起句"山寺微茫背夕曛"，如认为确有此山、确有此寺，而欲指某山、某寺以实之，则误矣。窃以为此词前片三句,但标举一崇高幽美而渺茫之境界耳。近代西洋文艺有所谓象征主义者,静安先生之作殆近之焉。我国旧诗、旧词中,拟喻之作虽多,而象征之作则极少。所谓拟喻者,大别之约有三类:其一曰以物拟人,如吴文英《浣溪沙》词"落絮无声春堕泪,行云有影月含羞",杜牧《赠别》诗"蜡烛有心还惜别,替人垂泪到天明",是以物拟人者也;其二曰以物拟物,如东坡《永遇乐》词"明月如霜,好风如水",端己《菩萨蛮》词"琵琶金翠羽,弦上黄莺语",是以物拟物者也;其三曰以人托物,屈子《离骚》"何昔日之芳草兮,今直为此萧艾也",骆宾王《在狱咏蝉》诗"露重飞难进,风多响易沉",是以人托物者也。要之,此三种皆于虚拟之中仍不免写实之意也。至若其以假造之景象,表抽象之观念,以显示人生、宗教,或道德、哲学某种深邃之义理者,则近于西洋之象征主义矣。此于我国古人之作中,颇难觅得例证。《珠玉词》之《浣溪沙》"满目山河空念远,落花风雨更伤春,不如怜取眼前人",《六一词》之《玉楼春》"直须看尽洛城花,始共东风容易别",殆近之矣,以其颇有人生哲理存乎其间也。然而此在晏、欧诸公,殆不过偶尔自然之流露,而非有心用意之作也。正如静安先生《人间词话》所云:"遽以此意解释诸词,恐为晏、欧诸公所不许也。"而静安先生之词,则思深意苦，故其所作多为有心用意之作。樊志厚《人间词甲稿序》云："若夫观物之微、托兴之深，则又君诗词之特色。"此序人言是静安先生自作而托名樊志厚者，即使不然，而其序言必深为静安先生所印可者也。夫如是，故吾敢以象征之意说此词也。

"山寺微茫"一起四字，便引人抬眼望向半天高处，显示一极崇高渺茫之境，复益之以"背夕曛"，乃更增加无限要眇幽微之感。黄仲则《都门秋思》有句云"夕阳劝客登楼去"，于四野苍茫之中，而举目遥见高峰层楼之上独留此一片夕阳，发出无限之诱惑，令人兴攀跻之念，故曰"劝客登楼去"，此一"劝"字固极妙也。静安词之"夕曛"，较仲则所云"夕阳"者其时间当更为晏晚，而其光色亦当更为黯淡，然其为诱惑，则或更有过之。何则？常人贵远而贱近，每于其所愈不能知、愈不可得者，则其渴慕之心亦愈切。故静安先生不曰"对夕曛"，而曰"背夕曛"，乃益更增人之遐思幽想也。吾人于此尘杂烦乱之生活中，恍惚焉一瞥哲理之灵光，而此灵光又复渺远幽微如不可即，则其对吾人之诱惑为何如耶？静安先生盖尝深受西洋叔本华悲观哲学之影响，以为："生活之本质何？欲而已矣。欲之为性无厌……一欲既终，他欲随之，故究竟之慰藉终不可得也……故人生者如钟表之摆,实往复于苦痛与倦厌之间者也。"静安先生既觉人生之苦痛如斯,是其研究哲学,盖欲于其中觅一解脱之道者也。然而静安先生在《静安文集续编·自序二》中又云:"予疲于哲学有日矣。哲学上之说,大都可爱者不可信,可信者不可爱……知其可信而不能爱,觉其可爱而不能信,此近二三年中最大之烦闷。"然则是此哲理之灵光虽惚若可以瞥见,而终不可以求得者也。故曰:"鸟飞不到半山昏。"人力薄弱,竟可奈何?然而人对彼一境界之向往,彼一境界对人之吸引,仍在在足以动摇人心,有磬声焉,其音孤寂,而揭响遏云,入乎耳,动乎心,虽欲不向往,而其吸引之力有不可拒者焉,故曰"上方孤磬定行云"也。于是而思试一攀跻之焉,因而下片乃有"试上高峰窥皓月"之言。曰"试上",则未曾真个到达也可知;曰"窥",则未曾真个察见也可想。然则此一"试上"之间,有多少努力、多少苦痛?此又静安先生在《红楼梦评论》一文所云:"有能除去此二者(按指苦痛与倦厌),吾人谓之曰快乐。然当其求快乐也,吾人于固有之苦痛外,又不得不加以努力,而努力亦苦痛之一也。且快乐之后,其感苦痛也弥深。故苦痛而无回复之快乐者有之矣,未有快乐而不先之或继之以苦痛者也。"是其"试上高峰"原思求解脱、求快乐,而其"试上"之努力固已为一种痛苦矣。且其痛苦尚不止此。盖吾辈凡人，固无时刻不为此尘网所牢笼，深溺于生活之大欲中，而不克自拔，亦正如静安先生在《红楼梦评论》中所云："于解脱之途中，彼之生活之欲，犹时时起而与之相抗。"夫如是，固终不免于"偶开天眼觑红尘"也。吾知其"偶开"必由此不能自已、不克自主之一念耳。陈鸿《长恨歌传》云："由此一念，又不得居此，复堕下界，且结后缘。"而人生竟不能制此一念之动，则前所云"试上高峰"者，乃弥增人之艰辛痛苦之感矣。窃以为前一句之"窥"有欲求见而未全得见之憾；后一句之"觑"，有欲求无见而不能不见之悲。而结之曰"可怜身是眼中人"，彼"眼中人"者何？固此尘世大欲中扰扰攘攘、忧患劳苦之众生也。夫彼众生虽忧患劳苦，而彼辈春梦方酣，固不暇自哀。此譬若人死后之尸骸，其腐朽糜烂全不自知，而今乃有一尸骸焉，独具清醒未死之官能，自视其腐朽，自感其糜烂，则其悲哀痛苦，所以自哀而哀人者，其深切当如何耶？于是此"可怜身是眼中人"一句，乃真有令人不忍卒读者矣。

予生也晚，计静安先生自沉昆明湖之日，我生尚不满三岁，固未得一亲聆其教诲也。而每读其遗作，未尝不深慨天才之与痛苦相终始。若静安先生者，遽以死亡为息肩之所、自杀为解脱之方，而使我国近代学术界蒙受一绝大之损失，此予撰斯文既竟,所以不得不为之极悲而深惜者也。

鹧鸪天

阁道风飘五丈旗,层楼突兀与云齐。空余明月连钱列,不照红葩倒井披。　频摸索,且攀跻。千门万户是耶非?人间总是堪疑处,唯有兹疑不可疑。

本来,我们在前文论及王国维《人间词话》中之"造境"与"写境"之说时,已曾引述过王氏的话,说"二者颇难分别",盖以"大诗人所造之境,必合乎自然,所写之境,亦必邻于理想故也"。因此我在评说王氏之《蝶恋花》(窈窕燕姬)一首词时,就曾提出说我以前本曾以为此词可能是属于"造境"之作,其后因见到了萧艾先生的有关此词的一则"本事"之说,于是才将之定为"写境"之作。然而现在我们所要评说的这首《鹧鸪天》词,我却敢于断定其必为"造境"之作无疑。我之所以敢于断定其必为"造境"之作的缘故,当然主要由于其开端所写的景物之奇突不类眼前之所实有,然而王氏却又曾说过"所造之境,必合乎自然"的话,可见虽属虚构之"造境",但作者在想象出此一景象之时也必应有其想象之依据。那么王氏所写的这些奇突之景物，其想象之依据又究竟何在呢？

我们先看这首词的开端二句——"阁道风飘五丈旗，层楼突兀与云齐"，此二句所写之景象不仅极为雄壮宏伟，且极为突兀飞扬，使人读之自觉有一种震慑而且吸引人的力量。如果从这首词下面过片所写的"频摸索，且攀跻"二句来看，则此开端二句所写的震慑而且吸引人的景象，固当原为诗人所"摸索""攀跻"以追寻的一种境界。而此种境界就王国维言之，则其所追寻者乃往往为一理想中之境界而并非现实之境界。举例而言，即如其在《蝶恋花》（忆挂孤帆东海畔）一首词中所写的对于"海上神山"的追寻，在《浣溪沙》（山寺微茫背夕曛）一首词中，所写的想要"窥皓月"而"试上高峰"的努力，便都表现了一种对理想中之境界的追寻和向往。这一类词中所写的意境，一般说来在王词中大都是属于象喻性的"造境"之作。"忆挂孤帆"一首所写的"海上神山"的景象，其所依据者自然乃是大家所熟知的渤海中有三神山的神话传说，见于《汉书·郊祀志》及《拾遗记》。至于"山寺微茫"一首所写的"山寺""高峰"诸形象，则并无特殊的出处。因此遂有人以为此词所写者原是实景，而并非造境。不过，若据此词下半首所写的"偶开天眼觑红尘"及"可怜身是眼中人"等充满哲理思想的词句来看,则私意以为这些景象似乎也仍是所谓"造境",只不过这些"造境"固正如王氏所云,乃是"大诗人所造之境,必合乎自然",且"其材料必求之于自然,而其构造亦必从自然之法则"的一个很好的例证而已。至于这一首词中所写的"阁道"与"五丈旗"诸景象,则一方面既非如"海上神山"之为人所熟知,而另一方面则也不似"山寺微茫"之有合于自然。如果从这一点差别来看,则私以为这一首词所写的对某种境界的追寻,实在应该是较之另二首更为有心用意的一首托喻之作。

从这首词开端一句所写的景象来看,其想象中之"造境"的依据盖原出于《史记·秦始皇本纪》中对于阿房宫之描绘。据《史记》所载,谓"前殿阿房,东西五百步,南北五十丈,上可以坐万人,下可以建五丈旗"。此固当为人世之宫殿中的一所绝大之建筑,所以当王国维想要为其想象中所追寻的境界觅取一个最为崇高宏伟的建筑之形象时,乃选择了《史记》中所描述的"阿房"之宫以为依据,这自然可以看做是王氏选用此一形象在此一首词中的第一个作用之所在。但其作用却还不仅只是如此而已。原来此词首句开端的"阁道"二字,除了写"阿房"之建筑的崇高宏伟以外,同时还可以从由此二字所牵涉的构建规模,而引发出更深一层的联想和托意。盖据《史记》之记叙，谓"阿房"之建筑乃是"周驰为阁道，自殿下直抵南山，表南山之颠以为阙，为复道自阿房渡渭，属之咸阳"。而此一建筑规模之取意，则是为了"以象天极阁道绝汉抵营室也"。由此可知此一建筑所设计的规模形势，原来还更有与天文有关的另一层象喻之深意。先说"阁道"，此一辞语之所指，就"阿房"之建造而言，自然乃是指空中之复道，谓此一复道可以从阿房经过渭水而与咸阳相连属。至于"以象天极"云云，则原来乃是指此一建造在天文方面的象喻。盖以根据《史记·天官书》中所载对于"天极"的描述来看，其所谓"阁道"者，乃是"天极紫宫之后六星绝汉抵营室者曰阁道"。据张守节《正义》之解释，谓："汉，天河也，直度曰绝；抵，至也；营室七星，天子之宫。"可见阿房之"阁道"的建造，乃正像天极之紫宫。至于阁道之经过渭水与咸阳之宫殿相连属，则亦正像天极紫宫后六星之直度天河与天子之宫相连接。而所谓"天子之宫"，就天文星象言之，则固当为天帝之所居。由此遂使得我们得以窥见了王氏此词之所以选用了"阁道风飘五丈旗"之景象，以象喻其所追寻之境界的更深一层的含义。盖以如果只泛言一高远之境界，如其《浣溪沙》词所写的"山寺微茫"与"试上高峰"，则其所象喻者乃亦不过仅只为一高远之理想而已，然而此词中开端的"阁道"一句，则以其所写之景象既出于特殊之事典，因而遂亦由此一特殊之事典，而使得此一景象有了一种更为丰富的联想的可能性。盖以"阁道"在事典中既被喻示为可以通达天帝之居的一条通道，于是王氏在此词中所叙写的"摸索""攀跻"遂亦都有了向天帝之居去追寻探索的意味。而向天帝之所居去追寻探索，就王氏之性格言之，则可以象喻为他想要对人生求得一个终极之解答的向往和追寻。这种解说的联想，我们不仅可以从西方接受美学家侬塞尔在其《阅读活动——一个美学反应的理论》一书中所提出的文本中之可能的潜力之说，为"阁道"一形象之多层可能的喻义找到理论的依据，而且我们也可以从王国维自己的作品中，为这种解说的联想找到不少实例的证明。即如我在《王词意境之特色与形成其意境的一些重要因素》一文中，就已曾提出说王氏在其写作小词的一个阶段中，也曾同时"写有《论性》《释理》《原命》诸文，思欲对人生与人性之诸问题有所究诘"。而且王氏在其《静安文集续编》的《自序》一文中，也曾经自己说过"体素羸弱，性复忧郁，人生之问题日往复于吾前"的话。而这种要想对人生问题求得一个终极之解答的探索，在王氏词中遂往往表现为一种欲与上天之精神相往来的意境。即如其《踏莎行》词之"绝顶无云"一首，便曾写有"我来此地闻天语"之句，又如其《鹧鹧天》之"列炬归来酒未醒"一首,也曾写有"更堪此夜西楼梦,摘得星辰满袖行"之句。凡此种种,当然都足可证明王氏词中所写的高远之意象,不仅可以象喻为一种高远之理想,而且还隐含有一种要向上天去探索人生终极之问题的"天问"式的究诘。只不过在其他各词中,王氏所选用的意象都较为习见自然,而这一首词中所选用的意象则较为突兀而不习见,而且还在其所取材的《史记》之《秦始皇本纪》及《天官书》中隐含了更为深入一层的含义。因此我们只从这一首词的第一句,实在就已经可以判断出这首词在王氏之词作中,应该乃是一首较之他词更为有心托意的"造境"之作了。

这首词既然从一开始就是以假想中之"造境"所写的托意之作,因此以下各句所写之景象,遂亦莫不为其假想中之种种"造境",至于这些假想中之景象的依据,则全为王氏平日自书中所得之形象。只不过这些形象有的虽颇为读者所习知,有的则不大为读者所习知而已。先说"层楼突兀与云齐"一句,此句之形象盖出于《古诗十九首》中"西北有高楼,上与浮云齐"两句诗,此固为一般人之所共知。只不过王氏却将"高楼"改成了"层楼",而又加上了"突兀"二字的形容。像这种用古人之诗句而稍加改易的情况,王国维在其《人间词话》中,也曾对之有所论说。我在《王国维境界说的三层义界》一文中，就曾提到王氏在《人间词话》中所说的"借古人之境界为我之境界"的一段话。而且他还曾举出周邦彦及白仁甫二人在词曲中皆曾分别引用贾岛之诗句的例证，足可见借用古人之诗句原为王氏理论中之所许，只不过要"自有境界"而已。王氏在此一句词中既曾变古诗中之"高楼"为"层楼"，又加上了"突兀"二字，于是此一句词因而也就有了不同于古诗的另一番境界。如果将两者加以比较来看，则"高楼"之意象予人之感受较为单纯，除去一份高寒之感外，并不杂有其他之暗示；而"层楼"之意象予人之感受则较为繁复，除去崇高之感以外，还伴随有一种繁富壮丽的联想，再加之以"突兀"二字，于是遂更增加了一种令人目眩心慑的气势。而且以此一句承接在首句的"阁道风飘五丈旗"七个字之下，两相映衬，于是遂使得此复道层楼之景象显得更加宏伟而且壮丽，何况"风飘五丈旗"之形象又表现得如此生动。其笔力之充沛饱满，竟把假想中千年前秦始皇之阿房宫殿写得如在目前，乃大似杜甫写"昆明池水"之"汉时功"，真觉其"旌旗在眼中"矣。

而下面又继之以"空余明月连钱列，不照红葩倒井披"二句，遂使得此一复道层楼之崇高宏伟的景象，蓦然又增加了一份光怪而且迷离的气氛。至于这两句词中之景象，其假想中之依据则仍是王氏之书本上的知识。"空余明月连钱列"的形象，出于班固《西都赋》中对昭阳宫殿之描述铺陈，即"隋侯明月，错落其间，金釭衔璧，是为列钱"之句。《昭明文选》李善注，于"隋侯"一句尝引《淮南子》高诱注云："隋侯见大蛇伤断，以药敷而涂之。后蛇于夜中衔大珠以报。"因谓："隋侯之珠，盖明月珠也。"又引许慎《淮南子·注》云："夜光之珠，有似明月，故曰明月也。"至于"金釭"一句，则李善曾引《汉书·孝成赵皇后传》对昭阳宫之描述，有"壁带往往为黄金釭"之记载。据颜师古注云："壁带，壁之横木露出如带者也。于壁带之中往往以金为釭。"晋灼曰："以金环饰之也。"由此可知所谓"金釭衔璧，是为列钱"者，盖指壁带上金环所衔之圆璧垂悬如列钱也。若就王氏此词言之，则其开端一句之"阁道"既然有指向通达天帝之居的暗示，则此一句所写的"明月连钱列"，自然指的应该是天帝之宫中的隋珠连璧的光华富丽的装饰了。至于下一句的"红葩倒井披"之形象，则出于张衡之《西京赋》，写未央宫前殿龙首之盛，有"蒂倒茄于藻井，披红葩之狎猎"之句。薛综注云："茄，藕茎也，以其茎倒植于藻井，其华下向反披。狎猎，重接貌。藻井，当栋中交方木为之，如井干也。"按此二句盖写宫殿的藻井之上（也就是天花板上）有倒垂之莲茎，其莲华之红葩乃反披而下垂,有狎猎重接之盛。(按左思《魏都赋》亦有"绮井列疏以悬蒂,华莲重葩而倒披"句)总之,此句之形象本来乃是写宫殿之华彩美盛。而王氏用之于这一首词中则是借用《西都》与《西京》两赋所写之形象以喻写其理想中所追寻的天帝之居的美盛,这可以说是第一层用意。而更可注意的则是王氏在这两句所写的美盛的形象之间,原来还曾经用了"空余"和"不照"两个词语。这两个词语实在有极为重要的作用。"空余"是徒然留存着的意思,其所表现的是面对所留存之仅有的残余而兴起的一种不能全有的憾恨,因此下一句乃直承以"不照"二字,正面写出其对于所期望者终于未能寻见的失望和落空的悲哀。

关于王国维这种追求理想的执著的精神,早在我所写的《王国维及其文学批评》一书中,于论及王氏之追求理想之性格时,我就曾举引过王氏的不少论著,以说明其平生鄙弃功利唯以追求真理为目的之性格,且曾加以结论说:"他所禀赋的一种'崀崀焉力索宇宙之真理而再现之'的属于天才的追求理想殉身理想的天性,是无法改变的。"而这种追求又始终无法满足,因此在王氏的一些小词中乃经常表现有一种追寻而终于未得的悲哀和憾恨。即如我们在前面所曾提到的他的《蝶恋花》(忆挂孤帆东海畔)一首小词,他对于"海上神山"的追求,最后所落得的就正是"金阙荒凉瑶草短"的痛苦的失望。而另外的《浣溪沙》(山寺微茫背夕曛)一首小词,他的"试上高峰窥皓月"的努力,最后所落得的也正是"可怜身是眼中人"的无可奈何的憾恨。但尽管如此,却似乎又有一种力量常使他对这种理想之追寻始终难以弃掷。那就因为在诗人之心目中总是常存有一种理想之灵光的闪烁,所以纵然终未能照见"红萼倒井披"的美丽的象喻生命之终极意义的花朵,却仿佛依然存留有"明月连钱列"的光影的闪现。此种情况,盖亦正如阮籍在其《咏怀》之"西方有佳人"一首诗中之所写,虽然在"飘摇恍惚中"似乎也曾经见到了一位"流眄顾我傍"的"佳人",然而却终于未能真正结识,于是自然就只落得"悦怿未交接,晤言用感伤"了。

　　以上是这一首词的上半阕,王氏盖以假想之造境写其对于一种理想之境界的追寻与失落,而全以古书中之意象表出之,既有飞扬突兀之奇,又有光彩迷离之致,既真切,又古雅,这自然是王词中之极值得注意的一首属于"造境"的词。

　　紧接着上半阕的造境,下半阕遂开始正面叙写其追寻不得的困惑。"频摸索,且攀跻"二句,既着一"频"字,又着一"且"字,盖极写对此种追寻之难以放弃而又无可奈何之感。至于"千门万户"一句,则承接上半阕所写的宫殿之形象,而用《史记·武帝本纪》中叙写建章宫的"千门万户"之语,来喻写追寻中的困惑与迷失。更用"是耶非"三字,表现了一种似有所见而又终于未见的迷离恍惚,而此三字也同样有一个古书的出处,他所用的乃是汉武帝《李夫人歌》一诗中的句子:"是耶非耶?立而望之,翩何姗姗其来迟。"于是在宫殿的摸索追寻中,乃又出现了一个对美人之期待的联想。这种联想虽未必存在于作者王氏的意识之中,然而却由于此"是耶非"三字之出处的诗篇的联想,使得这句词有了这种联想的潜能。更何况对美人之期待与对理想之追寻,二者原可以互相生发、互相借喻,我们虽不必如此解释,但这种联想的潜能,却无疑地也是足以增加此词的意蕴之丰美的一个因素。至于结尾的"人间总是堪疑处,唯有兹疑不可疑",则是写其所追求者既终于未得,其所困惑者也终于未解。而这种心态乃正为王氏所经常表现的一种心态。近年来西方文学批评中有所谓意识批评一派,曾提出了在作品中可以寻见作者之基本意识形态之说,这首《鹧鸪天》词大概可以说是王氏词作中,以假想之造境表现其基本之意识形态的一篇代表作了。

蝶恋花

窈窕燕姬年十五，惯曳长裾，不作纤纤步。众里嫣然通一顾，人间颜色如尘土。　　一树亭亭花乍吐，除却天然，欲赠浑无语。当面吴娘夸善舞，可怜总被腰肢误。

这首词，本来一向都被我认为是一首"造境"之作。盖因这首词实在表现了一种要眇深微之意蕴，可以引发读者许多丰富的联想，颇有象喻之意味，而且其所象喻的一种"境界"又与王氏之为人及其论词之主张都有不少暗合之处。所以我一向都以为这首词很可能是王氏将自己的为人修养与论词之见解的两种抽象情思化为具象之表达的"造境"之作。不过，近年来我偶然看到了萧艾先生所撰著的《王国维诗词笺校》一书，却指出其中原来有一段"本事"。据萧氏谓曾接到刘蕙孙教授函告云王氏此词乃为一"卖浆旗下女"而作，且谓此词中有句实为其先君刘季英所拈，而请王氏足成者。又谓此说盖闻之于其先君刘季英与其舅父罗君美之谈话（见湖南人民出版社出版之萧书）。刘季英与王国维既皆与罗振玉为儿女之姻亲，则刘氏既因有所见而戏拈新句，乃请王氏足成之，此事自属可能。因而我在此遂将之归入为写现实情事的"写境"之作了。本来关于"写境"与"造境"之难于作明显之区分，王氏也早有此种认识，他在《人间词话》中就曾提出说："有造境，有写境，此理想与写实二派之所由分。然二者颇难分别：因大诗人所造之境，必合乎自然；所写之境，亦必邻于理想故也。"就以我们才评说过的"月底栖鸦当叶看"的那首《浣溪沙》词而言，其"栖鸦""推窗""凭阑"甚至"觅句""掩书"等叙写，都为眼前当下的寻常景物与情事，自然应当属于"写境"之作，然而若就其所予人之丰美的联想而言，则又含有一种要眇深微引人生托喻之想的意蕴。此类作品自可作为王氏所说的"大诗人……所写之境亦必邻于理想"的代表作。再以我多年前所评说过的王氏之"山寺微茫背夕曛"那首《浣溪沙》词而言，就其所写的"试上高峰窥皓月，偶开天眼觑红尘，可怜身是眼中人"诸句而言，其所写既皆为抽象之哲思，自应是属于喻说式的"造境"之作，然而若就其开端所写的"山寺微茫背夕曛，鸟飞不到半山昏"诸句来看，则也未始不可能为实有之景象，只不过此种景象似不及另一首《浣溪沙》所写的"栖鸦""推窗""凭阑"等景象之更为切近而已，此类作品自可作为王氏所说的"大诗人所造之境，必合乎自然"的代表作。至于这一首《蝶恋花》词，则虽然可据其"本事"之说而将之归入于"写境"之作，但其中丰美之意蕴却也已将之提升到一种理想化的"造境"之境界了。现在我们就将对这首词之所以达到此种境界的缘故，就其内容意境与表现手法两方面逐句略加评说。

先说第一句"窈窕燕姬年十五"，即此一句七个字的叙写，实在就已兼含有"写境"与"造境"之双重意境了。先就"写境"而言，如果按萧艾先生所提出的"本事"之说，则此句自应是写一现实中所见的在北京的"卖浆旗下女"，"燕"字言其地，"十五"言其年，而"窈窕"则言其姿质体态之美好。如此便可全作一一落实的解说。然而奇妙的则是就在这种叙写之中，却已经同时就具含了一种"写境"之意味。如果用西方接受美学的理论来说，那就是王氏在此一句的叙写中，蕴涵了可以引发读者多层象喻之想的一种潜能。这种潜能的由来，我以为大概有以下两点因素：第一个因素在于其叙写之口吻全出于客观，遂使得此一女子完全脱离了现实中人际之关系，而成为了一个独立的美感之客体，此其一；第二个因素则在于其所使用的一些语汇都带有符号学中的一种"语码"之作用，遂可以使读者由这些语码所唤起的文化历史的积淀而产生了丰富的联想。先说"窈窕"二字，此二字原出于《诗经·国风·关雎》之首章。私意以为即此二字便已有多重之作用：盖以此二字一方面既以其源出于《诗经》而含有一种古雅之意味；而另一方面则又因其传诵之久远，而使人有一种惯见习知的亲切之感受；同时此二字又已在历史的积淀中具有了多层次之含义，既有美好之意，又有幽深之意，既可指品德之美，又可指容态之美。这种多重的性质，遂为全词之象喻性提供了一种有利的因素。试想如果我们若将"窈窕"二字代之以"美丽"二字，则纵使意思相近，平仄不差，然而其浅陋庸俗却立刻就可以将其象喻性破坏无遗。如此则"窈窕"二字在促成此词之象喻性方面的作用，自是显然可见的。再说"燕姬"二字，此二字在中国诗歌传统中于叙写美女之时，也已形成为一种泛称，因而遂有了并非写实专指的一种泛称之性质。即如《古诗十九首》中即曾有"燕赵多佳人"之句，晋傅玄《吴楚歌》也有"燕人美兮赵女佳"之句，梁刘孝绰《古意》诗亦有"燕赵多佳丽"之句，所以"燕姬赵女"乃成为了对美女的一般泛称之辞，于是遂超出了专指的写实的意义，而也提供了象喻的可能性。再说"年十五"三个字，在"写境"的一层意思上讲，此三字自可谓实指一个女子的年龄。然而巧合的是女子的"十五"之年，在中国文化传统中原来也有一种"语码"之作用，盖"十五"之年原为女子成人可以许嫁的"及笄"之岁，相当男子"及冠"。（见

说王国维词五首 / 233

于《礼记》之《曲礼上》及《内则》篇）因此在中国诗歌传统中，当诗人借用女子之形象而写为托喻之作用时，乃亦往往用"十五"之年以喻托男子之成人可以出而仕用之岁，如李商隐的"八岁偷照镜"一首《无题》诗，自一个女子从八岁时之开始学习"照镜"、"画眉"写起，接写其衣饰才艺之美，直写到十四之依然未嫁，最后乃结之以"十五泣春风，背面秋千下"，便是从一个女子之形象来喻写一个男子从高洁好修之精神觉醒到终于未得仕用之悲慨。因此这句词中的"年十五"三个字，自然也就在带有历史文化背景的"语码"作用中，有了象喻之意。

至于下面的"惯曳长裾，不作纤纤步"二句，则同样也是兼具了"写境"与"造境"之多重意蕴的潜能。先就词而言，萧氏在提出了"本事"之说以后，便曾以"本事"说此二句，谓："'惯曳长裾'旗装也；'不作纤纤步'天足也。唯卖浆旗下女子足以当之。"此种解说自然与"本事"之说正为切合，可以视为"写境"之层次中的一种情意。然而王氏此词之佳处，事实上却并不在于其所写者为如何之事实，而乃在于其在叙写中所产生之效果与作用。如果从这方面来看，我们就会发现此二句之佳处固也在于其具含有一种可以引发读者之联想的丰富的潜能。至其造成此种潜能之因素，则私意以为实由于"曳长裾"与"纤纤步"二种不同之意态，所造成的一种鲜明的对比。"裾"字指衣襟而言，"曳长裾"者，谓人着长裾之衣曳地而行，如此则自然可以使人联想到一种高贵从容之仪态。至于"纤纤步"三字，则可以使人联想到一种娇柔纤媚之身姿。前者颇有矜重自得之概，后者则颇有弄姿娱人之意，此种鲜明之对比已使得这两种不同之品质产生了一种象喻之潜能；何况前者在"曳长裾"之上还加有一个"惯"字，后者在"纤纤步"之上还加有"不作"两个字。所谓"惯"者，是一向如此之意；所谓"不作"者，则是不肯如彼之意。于是此二句遂不仅在品质之对比方面提供了象喻的潜能，同时在叙写的口吻方面也提供了一种"有所为"和"有所不为"的象喻的潜能。因此遂使得此二句隐然有了一种表现品格和持守的喻托之意。

至于下面的"众里嫣然通一顾，人间颜色如尘土"二句，"嫣然"二字出于宋玉《登徒子好色赋》，写东邻女子之美，"嫣然一笑"可以"惑阳城，迷下蔡"；"颜色如尘土"则出于白居易《长恨歌》及陈鸿《长恨歌传》，写杨玉环之美，"回眸一笑"可以使"六宫粉黛""颜色如土"。因此自"写境"的一层意思来说，此二句自可以视之为但写"本事"中之女子的美丽，然而此二句之叙写却实在也已蕴涵了可以引发读者象喻之想的丰富的潜能。盖以藉美女喻人或自喻，在中国文学历史中，自屈原之《离骚》开始，就已形成了一种悠久之传统，而且此二句中的"通一顾"三个字，还曾见于宋代陈师道以美女为喻托的两首《小放歌行》的第一首之中，陈氏原诗是"春风永巷闭娉婷，长使青楼误得名。不惜卷帘通一顾，怕君着眼未分明。"据《王直方诗话》谓黄庭坚曾评陈氏此诗，谓其"顾影徘徊，炫耀太甚"，可见陈氏所写的美女原是以美女自喻的一首有托意的诗。由此一诗篇之联想，当然也增加了王氏此二句词的托意的潜能。何况王氏此二句词在叙写之口吻中曾经先以"众里"二字，将此一美女与一般众人作了第一度对比，又以"人间颜色"四字将此一美女与人世间其他颇有姿色的美女作了第二度对比，于是遂将此一女子的美丽提升到了一种极高的理想化之境界，因而也增加了一种象喻的潜能。

而如果以象喻的"造境"来析说此二句词的话，则又可以有三种可能：首先可以视之为自喻之辞，这主要因为如我在前文所言，这一首词从开端就是把此一美女作为一种美感之客体的口吻来叙写的，这也正如李商隐的"八岁偷照镜"一首诗中的女子，诗人也是将之作为一个美的客体来叙写的，而此一客体自然可以作为诗人之自喻的一个形象，此其一；再则就前面所引的陈无己的《小放歌行》而言，陈氏诗中的"通一顾"也是以美女为自喻的口吻来叙写的，其意盖谓此一女子本为不得宠爱而遭摈斥的一个美女，故其娉婷之美色乃深闭于永巷之中使世人不可得见，遂反使青楼中之凡姿俗艳误得虚名，而且纵使此女子不惜降低身份而卷帘一示色相，也恐怕没有一个人能真正地认清和赏识她的绝世之姿，是则就此一诗篇联想轴而言，此词中所写之美女自然便也可以视为自喻之辞了，此其二；三则王氏在他自己的词里面，原来也写有不少以美女为自喻的作品，即如其《虞美人》（碧苔深锁）一词，《蝶恋花》（莫斗婵娟）一词，就都是以美女为自喻的，可见这首词如果作为自喻来看，与王氏之品格为人也原是有暗合之处的，此其三。既有此种种可能引起自喻之想的因素，当然也可以视之为自喻之辞了。

但有趣的则是，此二句词所蕴涵的潜能却也可以使人视之为喻他之辞。造成此种联想之可能的第一个因素，也是由于这首词通篇都是把此一美女作为一个美丽的客体来叙写的。既是一个美丽的客体，则除了自喻的可能外，当然也可以作为诗人心目中任何美好之理想的象喻，此其一。再则如果不用陈无己的诗篇联想，而但就其"通一顾"三个字而言，则此所谓"通一顾"者自然也可以是从观者方面而言之辞，意思就是说作为观者的我在众人之中蓦见一绝世之姿的美女,当其嫣然一笑之际更对我有垂眸之一顾,而因此一顾之相通,遂使我反观人世间之任何美色都如尘土矣。这种境界当然可以象喻为心目中一完美崇高之理想,此其二。三则王氏在他自己其他的词里面,本也经常表现有此种"恍惚焉一瞥哲理之灵光"的意境,即如我以前曾经评说过的那首《浣溪沙》(山寺微茫)词,其中的"上方孤磬"与"高峰窥皓月",以及在《蝶恋花》(忆挂孤帆)一词中所写的"咫尺神山"和"望中楼阁",便也都是此种恍如有见才通一顾的美好崇高的精神境界。可见以喻他之辞来看,这首词中所表现的意境与王氏对崇高完美之精神境界的追寻向往之性格也是有暗合之处的,此其三。既有此种种可以引起人喻他之想的因素,则我们当然也就可以视之为喻他之词了。

以上是我们由此词前半阕之文本中所蕴涵的丰美之潜能,所可能联想到的多层次的要眇深微之意蕴。下面我们便将对其后半阕词中的意蕴也略加评说。

如果以此词之后半阕与前半阕相比较,则后半阕之意蕴实较为单纯。盖以前半阕之文本中,既牵涉了许多符号学中所谓的具有历史文化背景的"语码",而且在语言学的语法结构方面,也往往可以自语序轴与联想轴各方面,为之作出多方面的解说。可是下半阕的叙写则比较简单而且直接得多了。即如"一树亭亭花乍吐,除却天然,欲赠浑无语"三句,一口气直贯而下,全写对于一种天然之美的赏读。此数句若自"写境"之层次言之,当然只不过是写萧氏的"本事"之说中的"卖浆女子"的天然之美而已。然而即使是如此简单的词句,却实在也仍然蕴涵了一种要眇深微之象喻的潜能。此种潜能之由来,一则固由于前半阕之叙写已酝酿成一种象喻的色调及氛围,因而此数句遂亦不免仍使人产生象喻之想,此其一;再则此数句亦并未直写现实中之人物,而是以"一树亭亭"的"乍吐"之"花"作为美之象喻的,因而此一"花"之形象遂有了不只限于现实之人的更广泛的象喻之意味,此其二;三则此数句所赞赏的天然不假雕饰之美,与王氏《人间词话》中所标举的评词之审美观也有暗合之处。因此即使是提出了"本事"之说的萧艾先生,亦曾说此词云:"通过此词,吾人更可窥见静安之审美观。静安论词,极力称道生香真色,论元曲佳处亦曰'一言以蔽之,自然而已'。所谓'粗头乱服,不掩国色','天然'之谓也。"此外香港三联出版的田志豆编注的《王国维词注》中,对此词亦曾评说云:"北国健康美丽的少女,给词人留下深深的印象。'天然'二字是静安审美的标准。'清水出芙蓉,天然去雕饰',这就是《人间词话》中盛称的'自然神妙'之处。"又说:"本词也可作一篇词论读。"可见这首词之可以引发读者的象喻之想,也原为众人之所共见。只不过萧氏与田氏都是先肯定了此词之为实写一"本事"中现实之女子,仅只是王氏对此一女子的审美观与其论词之审美观暗合而已。而我的意思则是以为不仅此三句对"天然"之美的赞赏与其论词之主张暗合,而是全词的每一句都充满了象喻的意味。而且此三句所写的也不只是对"天然"之美丽的赞赏而已,我们还更要注意到这三句词与下面的"当面吴娘夸善舞,可怜总被腰肢误"二句词,在对比中所形成的讽谕的作用。本来此二句中的"吴娘"与此词开端一句的"燕姬"已是一种对比,而如果以此数句与"一树亭亭"数句合看,我们就更会发现前面所写的"天然"与后面所写的"善舞",原来乃是又一度在品质上的对比。我说是"又一度"对比,那是因为这首词在上半阕的"曳长裾"与"纤纤步"的叙写中,王氏实在已将两种不同品质的美作了一次对比,而我在评析那两句词时,也已曾提出说品质的对比可以提供一种象喻之潜能。何况在中国诗歌传统中,当以"善舞"为象喻的时候,往往都暗指一种逢迎媚世的行径。辛弃疾的《摸鱼儿》(更能消几番风雨)词,便曾有"君莫舞,君不见玉环飞燕皆尘土"之句,可以为证。而王氏此词的"可怜总被腰肢误"一句,对"善舞"者的讥贬之意,则较辛词更为明显。因而在此种对比中,王氏所赞赏的"天然"之美,遂也应不仅只是与其论词之主张暗合而已,同时也暗示了王氏心目中的一种人格修养的品质和意境。而如果在此处我们再回顾全篇的话,我们就更会发现这首词不仅通篇都提供了象喻的潜能,而且其象喻的意旨和象喻的结构,也都是十分完整的。当然,我这样说也并不表示我对于"本事"之说的"写境"一层意义的否定,我只不过是想要证明王氏的一些词,即使是"写境"之作,也往往蕴涵有一种要眇深微的意蕴,而隐然有了一种"造境"的效果。故王氏论词,乃不仅有"大诗人所写之境,亦必邻于理想"之言,而且还曾提出了"词之雅郑,在神不在貌,永叔、少游,虽作艳语,终有品格"之说,王氏此词,便可以作为他的词论之实践的一首代表作。

说陈曾寿词一首

我在以前的文章中几次提到过词的"弱德之美",概括地说,这种美感是体现在强大的外势压力下不得不采取约束和收敛的属于隐曲姿态的一种美。反思前代词人的作品,我们就会发现,凡被词评家们称述为"低回要眇""沉郁顿挫""幽约怨悱"的好词,其美感的品质原来都是属于一种"弱德之美"的。这次我要讲的末代遗民陈曾寿的一首《浣溪沙》,可以说就正是体现了我所说的"弱德之美"的一篇作品。

词很妙,因为它产生的背景是歌筵酒席,是由女子来歌唱的,所以它写的也是女子的感情、女子的生活。而女子在中国传统的性别文化中是处于弱者的地位:大家对女子的要求总是很严格,女子自己的持守也总是很严格。我们在那些作品中看到的女子总是期待的、坚贞的形象,这是从早期《花间集》的作品中就形成了的一种美感特质。而词并没有停止在《花间集》，后来有了"诗化之词"，有了像苏东坡这样的词人，可是我也多次说过，如果是"诗化之词"，像陈同甫的"尧之都，舜之壤，禹之封。于中应有、一个半个耻臣戎"，这当然激昂慷慨，写得很豪壮，可他都说出来了，所以陈廷焯就说这样的词如同"中兴露布"，像反攻的口号、标语了，它缺少了那一种低回婉转的美。

词之最好的美感，往往是在被压迫的、不得已的条件下写成的，所以张惠言说那是"兴于微言，以相感动。极命风谣里巷男女哀乐，以道贤人君子幽约怨悱不能自言之情，低回要眇，以喻其致"。张惠言看到，词的美感一定是被压抑的、屈辱的而且是不容易说出来的一种感情，只有这种感情才能造就出好的词来。王国维说"天以百凶成就一词人"，"凶"当然指不幸了，意为上天降下来这么多种不幸，才成就了一个词人。这种话我一直不愿意说，难道一定不幸了才会成为好的词人？但是，你看稼轩的词之所以好，是因为他在南宋不得志，一直是被压抑、被谗毁的，他的话都不能直接说出来，如果稼轩一帆风顺，他也许就写不出这么好的词。他经过了挫折才有了这种姿态。司马迁在其《太史公自序》中说："文王拘而演周易，仲尼厄而作春秋。屈原放逐，乃赋离骚；左丘失明，厥有国语。"韩退之在其《送孟东野序》中也说："大凡物不得其平则鸣。"所以古往今来杰出的文学作品往往是在不幸中写作出来的，作者遇到挫折才写出了好文章。正如同水：如果是平坦的水，底下不要说什么悬崖断壁，连块石头都没有，它就是平的；如果水底下有了不平的地方，上面才会有波浪和水纹。

我曾经和陈邦炎先生谈起过诗词创作的问题。因为他年轻时也写过很多词，我就问他后来为什么不写了，他说，人在两种情况下才能写词：一种是要有激情，是真正在压抑挫折困苦患难之中；另一种是要有闲情，有那些多情儿女的闲情。他说我现在既没有激情也没有闲情，所以不写词了。不只是词，文学本来都是当作者有了一种挫折、一种刺激，然后才会写出好的作品来。无病呻吟不成，当一个人真的有病，有痛苦的哀号，那写出来的作品才可以感动人。

中国的小词几经转变，形成了不同的美感，都与不幸的环境有密切关系：李后主破国亡家，他的词才有了进步；苏东坡九死一生从监狱里出来，然后被贬到黄州以后，他的诗词文都有了进步；辛稼轩是因为他在南宋的挫折才有他的词的成就；而周邦彦影响下的那些"赋化之词"，也是经过南宋的衰弱败亡，才有了吴梦窗和王碧山，才有了他们那些有深度的好词。如若不然，只是修饰雕琢，咬文嚼字地写一些风花雪月,就算文字再工巧也不成。"国家不幸诗家幸,赋到沧桑句便工",赵翼也曾经这样说过。

现在我们来看陈曾寿:他的曾祖父陈沆是非常有名的诗人,写过著名的《诗比兴笺》;他的曾祖父、祖父,都是在清朝科第仕宦很高的人;而且陈曾寿在光绪年间考中进士以后,也一直在仕途上很得朝廷的重用。他的家族,包括他自己,都是和清朝有很深的因缘的。

我们要设身处地替一个人去想。比如南宋败亡后,像王沂孙等等那些遗民,他们名正言顺地写哀悼故国的词,因为他们是汉族人,而汉族灭亡于蒙元、灭亡在异族人的手中。可是清朝是满族,满族对汉人来说是异族。清朝初年殉节死难的,像陈子龙、夏完淳等人,那当然都是节义之士。但清朝统治了中国近三百年,汉族人已逐渐认同它了。后来,孙中山领导的国民革命是要打倒满族,收复被异族占领了三百年之久的国土,说是"驱除鞑虏,恢复中华",清朝当然就是"鞑虏",是外族人了,所以末代的陈曾寿之作为一个遗民,就比王沂孙那些人更没有地位了,他真的可以说是无以自解:明明是汉族人,现在居然要为清朝人守节义;清朝都灭亡了,还要到亡国之君——幼主溥仪那里去做官。后来民国政府几次请他出来做事,他都没有接受,这当然为人所不谅了。

说陈曾寿词一首 / 245

我曾经与某同学说，在"文化大革命"时期，有些人的父母被定为地主、右派或者反动学术权威，于是好多儿女纷纷出来与父母划清界限。为了表示决绝，还从家里搬到学校去住，甚至在开批斗会的时候跟着一起批斗自己的父母，认为这才革命，这才叫前进，当时有很多这样的情况。

还有一件事情，我小时候一直不明白。那时我读《论语》，其中有那么一段。有人对孔子说：我们老家有一个非常正直的人，"其父攘羊，其子证之"——他父亲偷了一只羊，他儿子大义灭亲，把他父亲告发了。孔子说"吾党之直者异于是"，他说我们乡党里那些品格好的人跟你们那里不同，是"父为子隐，子为父隐，直在其中矣"——父亲为儿子隐恶扬善，儿子也为父亲隐恶扬善，彼此在这种亲情之中，他说这才是正直。我那时真的不理解，认为这是不对的。当然，错了就是错了嘛，"隐"什么！可是现在我才逐渐明白，这其中有一种不得已。人如果把天性都灭绝了，把那一种善良的感情都灭绝了，而只说这是革命，其实是不近人情。

还是说陈曾寿，以他的家世，以他与清朝的关系，一直到清朝的灭亡，他做了逊清的遗老，他真是无以自解，无法向人来解说。他不像南宋那些遗民，可以理直气壮地去说，这是很难讲的一种感情。张惠言讲词虽然有时牵强比附，但词很妙,词是要写那种"幽约怨悱不能自言之情"。陈曾寿的感情正是"不能自言"之情。

陈曾寿的诗集里留下很多首诗,写他到伪满洲国后内心的一些想法。陈邦炎先生在他所写的《陈曾寿及其〈旧月簃词〉》的文章中曾选过几首。比如"愁听边砧近十秋,难将铸错诉从头"两句,那时陈曾寿到东北,听"边砧"已接近十年了。聚九州之铁,铸成大错,怎么会造成这种错误?这真是很难解说,真是不得已。陈曾寿还说:"人间何处避繁冤,独愧沉江屈子魂。饕餮穷奇难并世,去留生死总辜恩。暂荧鬼火知旋灭,无道强梁岂久存?永惜兰荃蒙雾露,海枯石烂与谁论?"他的诗词里表现的都是一种难以言说的感情。

现在我要说,这就是诗与词的不同。他的诗说"愁听边砧近十秋,难将铸错诉从头",我到东北已将近十年之久,铸成的大错现在没有办法解说了。他又说"独愧沉江屈子魂",我对着屈原自沉的湘水,觉得真是惭愧!我怎么没有死去呢?"永惜兰荃蒙雾露","兰荃"是香草,而香草被玷污了,怎么办?"海枯石烂与谁论",怎么就会被玷污了?怎么沾上的这一身污秽?怎么样解释?所以是"海枯石烂与谁论"。当然他直接说了他的感情。可是词与诗不同:诗还是比较明白地说出了他这一份感情,而在词里边就不是这样了。

好，下面我们就来看他的《浣溪沙》这首词：

修到南屏数晚钟，目成朝暮一雷峰。缥黄深浅画难工。　　千古苍凉天水碧，一生缱绻夕阳红，为谁粉碎到虚空？

他说"修到南屏数晚钟"，他曾在杭州住了很久，以避开政治上那些烦乱的事情。你看他的用字，他说"数"晚钟，而不是"听"晚钟，这就是文学的语言！"修到南屏听晚钟"与"修到南屏数晚钟"有什么不同呢？"听"是简单的，是听到西湖南屏山上传来的晚钟的声音，只是"听"而已；可他现在不是"听"，他是"数"，一声一声地在数，那种寂寞那种孤独那种无可奈何，都包含在"数"字之中，而"听"字没有这样的感觉。他说：就连在南屏山下每天一声一声地细数晚钟的声音我都是"修到"，因为在外边污秽的尘世中我根本没有办法。能够回来过"南屏数晚钟"的生活，我是"修到"的。"数"字之妙，"修"字之妙，这是语言的作用。

接着，"目成朝暮一雷峰"。"目成"出于《楚辞》的《九歌》，《九歌·少司命》中说"满堂兮美人，忽独与余兮目成"：满堂都是美人，我与其中的一个人四目相对，目成心许，我们两个人的眼睛互相一看，中间的感情就已经传达给对方，于是两心相许了，这叫"目成"。有没有这样的一个人？有没有这样的一门学问？有没有这样的一种信仰？有没有这样一个对象值得你"目成"呢？陈曾寿说：我一看就对她钟情了，终生都不愿舍弃。你曾经遇到过值得你目成心许的事物吗？不管是人、事，还是学问、信仰，你遇见过让你一看就想终生相许的对象吗？陈曾寿说自己"目成"，"目成"什么？就是对面的雷峰塔。雷峰塔有什么值得"目成"呢？这当然还是接着写他"南屏数晚钟"的寂寞。

讲到这里，我们还有必要看陈曾寿另外一首写雷峰塔的长调——《八声甘州》，也是写雷峰塔倒塌之事的。在那首词的序中，他说"甲子八月二十七日"。那应该是1924年的农历八月二十七日，雷峰塔倒了。原词是这样的：

> 镇残山风雨耐千年，何心倦津梁？早霸图衰歇，龙沉凤杳，如此钱塘。一尔大千震动，弹指失金装。何限恒沙数，难抵悲凉。　　慰我湖居望眼，尽朝朝暮暮，咫尺神光。忍残年心事，寂寞礼空王。漫等闲、擎天梦了，任长空、鸦阵占茫茫。从今后，凭谁管领，万古斜阳。

为什么在这首《浣溪沙》中他说是"目成朝暮一雷峰"?你要参看他的《八声甘州》里所写的雷峰塔。他说"镇残山风雨耐千年",雷峰塔在那里镇守残山,忍耐着狂风暴雨,已有千年之久了。它"慰我湖居望眼,尽朝朝暮暮,咫尺神光",雷峰塔镇在山上,是这么直立的塔,我在西湖的住所里能够看见它,它在残山之上能够给我以安慰。靠什么来安慰我?"尽朝朝暮暮,咫尺神光。""朝朝暮暮",我都目对着雷峰塔;"咫尺"之间,我在塔身上,看到有如此神光之闪耀!后面他接着说,"漫等闲、擎天梦了,任长空、鸦阵占茫茫"。而今天,雷峰塔倒了,是"等闲"的"擎天梦了":它本来矗立在高山之上,好像要把天撑起来似的,怎么会想到"等闲",就这么容易、这么随便地倒塌了!从此,它"擎天"的大梦居然就终结了,它已经撑不住苍天了。原来,在天地之间,在南屏山上,有塔在那里支撑着,可是现在一旦塔倒了,"任长空、鸦阵占茫茫":长空之上,再也没有撑天之物,只有一片昏鸦,那"鸦阵"占据了万古的苍茫。"从今后,凭谁管领,万古斜阳。"我们说"雷峰夕照"是西湖十景之一,因为有雷峰塔,那夕阳才有了一个着落,有了意义和值得观看的价值,所以说是雷峰塔"管领"着"斜阳"。而现在雷峰塔没有了,从今以后,还有谁能挽住那"万古斜阳"呢?"擎天"的柱子倒了,斜阳西下,再也没有人惋惜了,再也没有人关怀这万古的斜阳了。而"等闲"的"擎天梦了",不但是在形象上,那高塔倒下去了,而且像中国的这些读书人,古来读圣贤之书,是要修身齐家治国平天下的,然而是命运的不幸,冯延巳做了一个必然要亡国的南唐的宰相,他注定就是悲剧的下场。谁叫他生在必然要亡的国家,而且做了必然要亡的国家的宰相!冯延巳是命定的悲剧,陈曾寿这些人也是命定的悲剧。谁叫他们家族与清朝结合了这么密切的关系?谁叫他生在清朝末年,正赶上这个朝廷败亡的时代呢?所以他对雷峰塔有一种真正的感情,因为他从雷峰塔那里看到了的种种的意义,是"擎天梦了",是"管领""斜阳"。

而"雷峰夕照"果然美好:"缥黄深浅画难工。""缥黄"就是落日黄昏的那一片颜色,不管是深的颜色还是浅的颜色,那西天落日的一片颜色真的是美丽,是"缥黄深浅画难工"。

所以,我经常说我虽然看过很多山,但最想回去再看一次的就是黄山的西海。我曾经去过西海,正是面对着日落。四面群山,奇峰环绕,中间是万丈的深渊。那云气的缭绕变化,落日的西斜，真是光彩变幻！可惜我那次没有真正看到落日西斜，因为当时我住在北海，天太晚回去，也没有灯照路，太危险了。所以我一直还想回去一看的，是黄山西海那落日的余晖，也是"缥黄深浅画难工"。

接着看陈曾寿的《浣溪沙》。他说："千古苍凉天水碧，一生缱绻夕阳红。"他把眼前的景物与历史，与他的语言中的文化符码结合得很好。我们说语言在一个国家、一个民族，在一定的文化背景之中就带了很多符码的作用。"千古苍凉天水碧"，从现实来说，底下是西湖的湖水，上面是碧蓝的长空，碧水青天，水中的天光云影，天水一碧，景色是"苍凉"的。雷峰塔所面对的，是"千古苍凉天水碧"；雷峰塔倒了，那"千古苍凉"的"天水碧"也还在那里，这当然是现实的景物。可是我说它带了文化的典故，有一个故事的背景。

"天水碧"原有一个出处。在南唐的时候，宫中的宫女有一天晚上把她们蓝色的衣服晾在外边没有收起来，第二天清早，下了露水以后，那衣服的颜色反而更加碧蓝、更加美丽了，所以后来她们故意把蓝色的布料放在外边，让它沾染露水，而且把露水染成的颜色叫做"天水碧"，南唐宫中很流行这种颜色的衣服。等到南唐灭亡了，忽然间有人就联想到：新的朝代是宋，宋朝的皇帝姓赵，赵氏的族望——那个世族的郡望,被称为"天水赵氏",而"天水碧"的碧蓝之"碧",声音跟逼迫的"逼"一样,两个都是入声字,所以他们就说,"天水碧"的"碧"就等于逼迫的"逼",这是南唐败亡的一个预言。也就是说,南唐的宫女们都穿"天水碧"的衣服这件事,就注定了他们要亡在赵宋的手中。

而"千古苍凉天水碧"还有一个可能,那就是指雷峰塔的修建时期。在前面那首《八声甘州》中曾经记载,说是在"宋艺祖开宝八年",那正是北宋开国的时代。而现在,不仅南唐灭亡了,赵宋也早就灭亡了;不仅赵宋灭亡了,赵宋时代所修的塔也倒塌了。所以"千古苍凉天水碧"的七个字里边包含着非常丰富的意思:既是眼前的景色,也是历代的盛衰兴亡——南唐的败亡,北宋的败亡,代表北宋之雷峰塔的今天的倒塌,当然也象喻着清朝的灭亡。

后一句说:"一生缱绻夕阳红。"他说雷峰塔在的时候,是"管领"斜阳。我们前面说到"目成"两个字,你有没有遇见可让你一见钟情而终生奉献的事物?如果说雷峰塔有知有情,它留恋的是万古的斜阳——"雷峰夕照",那"纁黄深浅画难工"的美,夕阳应该是雷峰塔一生中最缠绵婉转的留恋对象。而"一生缱绻夕阳红"也有多重意思。一个是说"雷峰夕照",它一生就"缱绻夕阳红",可是陈曾寿实在也是在说他自己，说他自己所留恋的、所不能放弃不能背叛的，那是什么？是一个败亡的朝代，是已经灭亡的清朝。我们说世间万物什么不好留恋，为何要留恋那"夕阳红"，而且留恋到"一生缱绻"的程度？因为他没有办法断绝，"缱绻"本来就是缠绵婉转、不能断绝的意思。别人可以说他不够革命，说他不够前进，说他完全没有民族的正义感，这都可以说，但是，他怎么能够做到对旧朝的背弃？我们常说"看得破，忍不过"：理论上可以说这个应该那个不应该，可是感情上做不到。再比如说"文化大革命"，如果受逼迫与自己的父母划清界限，那究竟划得清划不清？所以陈曾寿说"一生缱绻"。他"缱绻"什么？他说就是那"夕阳红"——我对此无可奈何。

而更妙的就是后面一句："为谁粉碎到虚空？"既然是"一生缱绻夕阳红"，那么有个夕阳在那里，有个雷峰塔在那里，它"纁黄深浅"是"画难工"，你"目成朝暮"就"一雷峰"，可是现在连雷峰塔都没有了，"为谁粉碎到虚空"？为什么？为什么落到连这一点缱绻都没有留住？为什么就粉碎了，就完全倒塌了？现在一切都失去了，连那一点缱绻的感情都失落了。"千古苍凉天水碧，一生缱绻夕阳红"，"为谁粉碎到虚空"？说得真是好！怎么会落到这样的下场？所以后来陈曾寿就学了佛法，"寂寞礼空王"了。

这样的词我说它有"弱德之美",这真是弱德。他那种持守,他那种感情,是一种值得尊敬的感情。不管我们赞成不赞成,不管我们同意不同意,不管这在革命的理论上是前进还是后退,但是这一份持守的感情,他是不能放弃的。而词之很妙,就是好的词,最好的词,要写出来那种"幽约怨悱不能自言之情"。当然词之好坏有不同的层次。也有一些一般不错的词,这要看你从什么程度来说,每个程度都有高低深浅的好多层次。比如五代的令词,像张泌的"晚逐香车入凤城",读起来也不错,也觉得挺美,但是词之美恶,是果真有深浅厚薄的不同。所以真正耐人寻味的好词就是张惠言所说的,要写出来"贤人君子幽约怨悱不能自言之情"。你说陈曾寿这些保守的遗老是"贤人君子"吗?当然大家可以说他不进步,但是他有自己的品格,比起那些朝三暮四,只追求眼前身畔的一己之私利的人来说,他是有品格的。后来,陈家的生活非常困苦。如果当年陈曾寿肯接受革命、肯背叛旧朝,他在物质上可以有更好的生活,但是他没有。你说他持守的是什么?这很难说,不是从外表的教条可以衡量的。

国家新闻出版广电总局
首届向全国推荐中华优秀传统文化普及图书

大家小书书目

国学救亡讲演录	章太炎 著	蒙 木 编
门外文谈	鲁 迅 著	
经典常谈	朱自清 著	
语言与文化	罗常培 著	
习坎庸言校正	罗 庸 著	杜志勇 校注
鸭池十讲（增订本）	罗 庸 著	杜志勇 编订
古代汉语常识	王 力 著	
国学概论新编	谭正璧 编著	
文言尺牍入门	谭正璧 著	
日用交谊尺牍	谭正璧 著	
敦煌学概论	姜亮夫 著	
训诂简论	陆宗达 著	
金石丛话	施蛰存 著	
常识	周有光 著	叶 芳 编
文言津逮	张中行 著	
经学常谈	屈守元 著	
国学讲演录	程应镠 著	
英语学习	李赋宁 著	
中国字典史略	刘叶秋 著	
语文修养	刘叶秋 著	
笔祸史谈丛	黄 裳 著	
古典目录学浅说	来新夏 著	
闲谈写对联	白化文 著	
汉字知识	郭锡良 著	
怎样使用标点符号（增订本）	苏培成 著	
汉字构型学讲座	王 宁 著	

诗境浅说	俞陛云 著	
唐五代词境浅说	俞陛云 著	
北宋词境浅说	俞陛云 著	
南宋词境浅说	俞陛云 著	
人间词话新注	王国维 著	滕咸惠 校注
苏辛词说	顾 随 著	陈 均 校
诗论	朱光潜 著	
唐五代两宋词史稿	郑振铎 著	
唐诗杂论	闻一多 著	
诗词格律概要	王 力 著	
唐宋词欣赏	夏承焘 著	
槐屋古诗说	俞平伯 著	
词学十讲	龙榆生 著	
词曲概论	龙榆生 著	
唐宋词格律	龙榆生 著	
楚辞讲录	姜亮夫 著	
读词偶记	詹安泰 著	
中国古典诗歌讲稿	浦江清 著	
	浦汉明 彭书麟 整理	
唐人绝句启蒙	李霁野 著	
唐宋词启蒙	李霁野 著	
唐诗研究	胡云翼 著	
风诗心赏	萧涤非 著	萧光乾 萧海川 编
人民诗人杜甫	萧涤非 著	萧光乾 萧海川 编
唐宋词概说	吴世昌 著	
宋词赏析	沈祖棻 著	
唐人七绝诗浅释	沈祖棻 著	
道教徒的诗人李白及其痛苦	李长之 著	
英美现代诗谈	王佐良 著	董伯韬 编
闲坐说诗经	金性尧 著	
陶渊明批评	萧望卿 著	

古典诗文述略	吴小如 著	
诗的魅力		
——郑敏谈外国诗歌	郑　敏 著	
新诗与传统	郑　敏 著	
一诗一世界	邵燕祥 著	
舒芜说诗	舒　芜 著	
名篇词例选说	叶嘉莹 著	
汉魏六朝诗简说	王运熙 著	董伯韬 编
唐诗纵横谈	周勋初 著	
楚辞讲座	汤炳正 著	
	汤序波 汤文瑞 整理	
好诗不厌百回读	袁行霈 著	
山水有清音		
——古代山水田园诗鉴要	葛晓音 著	
红楼梦考证	胡　适 著	
《水浒传》考证	胡　适 著	
《水浒传》与中国社会	萨孟武 著	
《西游记》与中国古代政治	萨孟武 著	
《红楼梦》与中国旧家庭	萨孟武 著	
《金瓶梅》人物	孟　超 著	张光宇 绘
水泊梁山英雄谱	孟　超 著	张光宇 绘
水浒五论	聂绀弩 著	
《三国演义》试论	董每戡 著	
《红楼梦》的艺术生命	吴组缃 著	刘勇强 编
《红楼梦》探源	吴世昌 著	
《西游记》漫话	林　庚 著	
史诗《红楼梦》	何其芳 著	
	王叔晖 图	蒙　木 编
细说红楼	周绍良 著	
红楼小讲	周汝昌 著	周伦玲 整理

曹雪芹的故事	周汝昌 著	周伦玲 整理
古典小说漫稿	吴小如 著	
三生石上旧精魂		
——中国古代小说与宗教	白化文 著	
《金瓶梅》十二讲	宁宗一 著	
中国古典小说十五讲	宁宗一 著	
古体小说论要	程毅中 著	
近体小说论要	程毅中 著	
《聊斋志异》面面观	马振方 著	
《儒林外史》简说	何满子 著	
我的杂学	周作人 著	张丽华 编
写作常谈	叶圣陶 著	
中国骈文概论	瞿兑之 著	
谈修养	朱光潜 著	
给青年的十二封信	朱光潜 著	
论雅俗共赏	朱自清 著	
文学概论讲义	老舍 著	
中国文学史导论	罗庸 著	杜志勇 辑校
给少男少女	李霁野 著	
古典文学略述	王季思 著	王兆凯 编
古典戏曲略说	王季思 著	王兆凯 编
鲁迅批判	李长之 著	
唐代进士行卷与文学	程千帆 著	
说八股	启功 张中行	金克木 著
译余偶拾	杨宪益 著	
文学漫识	杨宪益 著	
三国谈心录	金性尧 著	
夜阑话韩柳	金性尧 著	
漫谈西方文学	李赋宁 著	
历代笔记概述	刘叶秋 著	

周作人概观	舒芜	著
古代文学入门	王运熙 著	董伯韬 编
有琴一张	资中筠	著
中国文化与世界文化	乐黛云	著
新文学小讲	严家炎	著
回归，还是出发	高尔泰	著
文学的阅读	洪子诚	著
中国文学1949—1989	洪子诚	著
鲁迅作品细读	钱理群	著
中国戏曲	么书仪	著
元曲十题	么书仪	著
唐宋八大家——古代散文的典范	葛晓音	选译

辛亥革命亲历记	吴玉章	著
中国历史讲话	熊十力	著
中国史学入门	顾颉刚 著	何启君 整理
秦汉的方士与儒生	顾颉刚	著
三国史话	吕思勉	著
史学要论	李大钊	著
中国近代史	蒋廷黻	著
民族与古代中国史	傅斯年	著
五谷史话	万国鼎 著	徐定懿 编
民族文话	郑振铎	著
史料与史学	翦伯赞	著
秦汉史九讲	翦伯赞	著
唐代社会概略	黄现璠	著
清史简述	郑天挺	著
两汉社会生活概述	谢国桢	著
中国文化与中国的兵	雷海宗	著
元史讲座	韩儒林	著

魏晋南北朝史稿	贺昌群 著
汉唐精神	贺昌群 著
海上丝路与文化交流	常任侠 著
中国史纲	张荫麟 著
两宋史纲	张荫麟 著
北宋政治改革家王安石	邓广铭 著
从紫禁城到故宫	
——营建、艺术、史事	单士元 著
春秋史	童书业 著
明史简述	吴晗 著
朱元璋传	吴晗 著
明朝开国史	吴晗 著
旧史新谈	吴晗 著 习之 编
史学遗产六讲	白寿彝 著
先秦思想讲话	杨向奎 著
司马迁之人格与风格	李长之 著
历史人物	郭沫若 著
屈原研究（增订本）	郭沫若 著
考古寻根记	苏秉琦 著
舆地勾稽六十年	谭其骧 著
魏晋南北朝隋唐史	唐长孺 著
秦汉史略	何兹全 著
魏晋南北朝史略	何兹全 著
司马迁	季镇淮 著
唐王朝的崛起与兴盛	汪篯 著
南北朝史话	程应镠 著
二千年间	胡绳 著
论三国人物	方诗铭 著
辽代史话	陈述 著
考古发现与中西文化交流	宿白 著
清史三百年	戴逸 著

清史寻踪	戴　逸　著
走出中国近代史	章开沅　著
中国古代政治文明讲略	张传玺　著
艺术、神话与祭祀	张光直　著
	刘　静　乌鲁木加甫　译
中国古代衣食住行	许嘉璐　著
辽夏金元小史	邱树森　著
中国古代史学十讲	瞿林东　著
历代官制概述	瞿宣颖　著
宾虹论画	黄宾虹　著
中国绘画史	陈师曾　著
和青年朋友谈书法	沈尹默　著
中国画法研究	吕凤子　著
桥梁史话	茅以升　著
中国戏剧史讲座	周贻白　著
中国戏剧简史	董每戡　著
西洋戏剧简史	董每戡　著
俞平伯说昆曲	俞平伯　著　陈　均　编
新建筑与流派	童　寯　著
论园	童　寯　著
拙匠随笔	梁思成　著　林　洙　编
中国建筑艺术	梁思成　著　林　洙　编
沈从文讲文物	沈从文　著　王　风　编
中国画的艺术	徐悲鸿　著　马小起　编
中国绘画史纲	傅抱石　著
龙坡谈艺	台静农　著
中国舞蹈史话	常任侠　著
中国美术史谈	常任侠　著
说书与戏曲	金受申　著
世界美术名作二十讲	傅　雷　著

中国画论体系及其批评	李长之 著	
金石书画漫谈	启 功 著	赵仁珪 编
吞山怀谷		
——中国山水园林艺术	汪菊渊 著	
故宫探微	朱家溍 著	
中国古代音乐与舞蹈	阴法鲁 著	刘玉才 编
梓翁说园	陈从周 著	
旧戏新谈	黄 裳 著	
民间年画十讲	王树村 著	姜彦文 编
民间美术与民俗	王树村 著	姜彦文 编
长城史话	罗哲文 著	
天工人巧		
——中国古园林六讲	罗哲文 著	
现代建筑奠基人	罗小未 著	
世界桥梁趣谈	唐寰澄 著	
如何欣赏一座桥	唐寰澄 著	
桥梁的故事	唐寰澄 著	
园林的意境	周维权 著	
万方安和		
——皇家园林的故事	周维权 著	
乡土漫谈	陈志华 著	
现代建筑的故事	吴焕加 著	
中国古代建筑概说	傅熹年 著	
简易哲学纲要	蔡元培 著	
大学教育	蔡元培 著	
	北大元培学院 编	
老子、孔子、墨子及其学派	梁启超 著	
春秋战国思想史话	嵇文甫 著	
晚明思想史论	嵇文甫 著	
新人生论	冯友兰 著	

中国哲学与未来世界哲学	冯友兰 著	
谈美	朱光潜 著	
谈美书简	朱光潜 著	
中国古代心理学思想	潘菽 著	
新人生观	罗家伦 著	
佛教基本知识	周叔迦 著	
儒学述要	罗庸 著	杜志勇 辑校
老子其人其书及其学派	詹剑峰 著	
周易简要	李镜池 著	李铭建 编
希腊漫话	罗念生 著	
佛教常识答问	赵朴初 著	
维也纳学派哲学	洪谦 著	
大一统与儒家思想	杨向奎 著	
孔子的故事	李长之 著	
西洋哲学史	李长之 著	
哲学讲话	艾思奇 著	
中国文化六讲	何兹全 著	
墨子与墨家	任继愈 著	
中华慧命续千年	萧萐父 著	
儒学十讲	汤一介 著	
汉化佛教与佛寺	白化文 著	
传统文化六讲	金开诚 著	金舒年 徐令缘 编
美是自由的象征	高尔泰 著	
艺术的觉醒	高尔泰 著	
中华文化片论	冯天瑜 著	
儒者的智慧	郭齐勇 著	
中国政治思想史	吕思勉 著	
市政制度	张慰慈 著	
政治学大纲	张慰慈 著	
民俗与迷信	江绍原 著	陈泳超 整理

政治的学问	钱端升 著	钱元强 编
从古典经济学派到马克思	陈岱孙 著	
乡土中国	费孝通 著	
社会调查自白	费孝通 著	
怎样做好律师	张思之 著	孙国栋 编
中西之交	陈乐民 著	
律师与法治	江 平 著	孙国栋 编
中华法文化史镜鉴	张晋藩 著	
新闻艺术（增订本）	徐铸成 著	
经济学常识	吴敬琏 著	马国川 编
中国化学史稿	张子高 编著	
中国机械工程发明史	刘仙洲 著	
天道与人文	竺可桢 著	施爱东 编
中国医学史略	范行准 著	
优选法与统筹法平话	华罗庚 著	
数学知识竞赛五讲	华罗庚 著	
中国历史上的科学发明（插图本）	钱伟长 著	

出版说明

"大家小书"多是一代大家的经典著作,在还属于手抄的著述年代里,每个字都是经过作者精琢细磨之后所拣选的。为尊重作者写作习惯和遣词风格、尊重语言文字自身发展流变的规律,为读者提供一个可靠的版本,"大家小书"对于已经经典化的作品不进行现代汉语的规范化处理。

提请读者特别注意。

北京出版社